联精灵

——快乐走进对联世界

黄波 编著

吉林文史出版社

图书在版编目（CIP）数据

联精灵：快乐走进对联世界 / 黄波编著 . -- 长春：吉林文史出版社，2021.5

ISBN 978-7-5472-7751-5

Ⅰ . ①联… Ⅱ . ①黄… Ⅲ . ①对联—中国—少儿读物 Ⅳ . ① I207.6-49

中国版本图书馆 CIP 数据核字 (2021) 第 093798 号

联精灵：快乐走进对联世界
LIAN JINGLING KUAILE ZOUJIN DUILIAN SHIJIE

编　　著　黄　波
出 版 人　张　强
责任编辑　钟　杉
封面设计　西　子
出版发行　吉林文史出版社
电　　话　0431-81629357
地　　址　长春市福祉大街 5788 号
邮　　编　130117
网　　址　www.jlws.com.cn
印　　刷　天津兴湘印务有限公司
开　　本　170 mm × 240 mm　1/16
印　　张　10.5
字　　数　170 千
版 印 次　2021 年 5 月第 1 版　　2021 年 5 月第 1 次印刷
书　　号　ISBN 978-7-5472-7751-5
定　　价　38.00 元

序

胡静怡

1949年以前，我国的乡村学校绝大部分是私塾，私塾里有一门重要的启蒙课程叫做“对课”，先生一边教学生读《声律启蒙》：“云对雨，雪对风，晚照对晴空”，一边让学生对对子。这对对子就是做作业，先生出一个字，学生对一个字；先生出一个词，学生对一个词；先生出一句话，学生对一句话，就这样，从短到长，从易到难，从简单到复杂，从通俗到高雅，经过一步一步的训练，一个一个小小对联家就此诞生了。后来，这些小小对联家便成了唐代的李白、杜甫，成了宋代的苏轼、陆游，成了清代的曾、左、彭、胡，成了民国的黄兴、蔡锷。哦，我刚才说错了，李、杜、苏、陆没读过《声律启蒙》，因为他们上学的时候车万育还没出世呢！他们读的应该是别的教材。

后来，私塾废除了，办起了新学堂，“对课”这门功课就自然消亡了。没有了“对课”，便诞生不了小小对联家，没有了小小对联家，自然也就没有人能成为李、杜、苏、陆、曾、左、黄、蔡。今天的小学生谁会对对子？没有吧。莫说小学生，就是中学生、大学生，也极少有人会对对子。连老师、教授都不会，学生怎么能够会？应该说，这是取消“对课”这门启蒙课程惹的祸。

全世界有五千多种语言文字，唯一能书写对联的文字就只有汉字。所以说，对联，唯有对联，才是汉语独特的文学样式，除汉语以外的任何其他语言文字都不可能产生对联文学，因为缺乏方块字这种载体。如果说文化自信，这一点绝对是足以傲视群雄的。

要想树立文化自信，必须振兴中华传统文化。振兴传统文化，还得从娃娃抓起。文化界的有识之士提出了“诗词楹联进校园”的口号，这是经历沉痛教训之后的反思，这是凤凰浴火之后的重生。

对联文化进校园，尤其是进小学校园，却非易事。首先，教材就是一大问题。书里边讲得天花乱坠，读者们却昏昏欲睡。大人们尚不耐烦，小孩子如何会喜欢?

弟子黄波写了这本《联精灵》，把书稿呈送到我的案前，要我看一看。我看了一遍，有个初步印象，但不想过多评价，以免落下吹嘘弟子的口实。我只想实话实说：书中讲的对联基础知识，与其他对联书籍讲的大致相同，没有误入歧途，更没有异端邪说；书中“煮”的数百个“栗子”，大都是货真价实的“绿色食品”，有一些是别人煮过的，也有很多是别人从来没煮过的；书中说的对联故事，有一些是老掉牙的“老太太”，也有不少是才出生的“小帅哥”。这些话其实都是空话，说不说都一样，大家一看书就会知道。我最高兴的是，黄波毕竟是从教多年的小学教师，多年在小孩子中间“厮混”，非常熟悉孩子们的语言，非常了解孩子们的心理，开口就能逗孩子们喜欢，这些知识点、例子、故事，用她一贯俏皮、诙谐的笔墨写出来，自然会受到孩子们极大的欢迎，激起孩子们极大的兴趣。倘能因为这本《联精灵》的广泛流传而令一批又一批小小楹联家不断诞生，则谢天谢地、功德圆满了!

巳亥中秋后二日于宁乡双江口怀虹斋

目录

CONTENTS

第一章　可爱的小精灵

第二章　不上你的当

第三章　一闪一闪亮晶晶

第四章　那就玩一玩

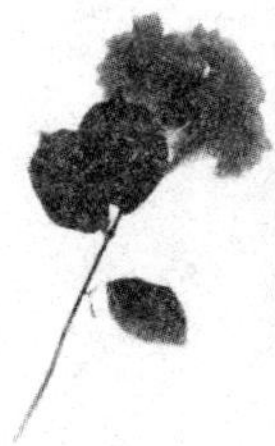

第一章　可爱的小精灵

1. 人见人爱的小精灵

“在那山的那边海的那边有一群蓝精灵，他们活泼又聪明，他们调皮又伶俐，他们自由自在生活在那绿色的大森林，他们善良勇敢相互都关心……”

大家都知道可爱的蓝精灵，今天，老师介绍大家认识一个可爱的文学小精灵。

八国联军（美、英、法、德、意、日、俄、奥）攻陷天津和北京后，非常骄横傲慢。在一次歌舞宴会上，有一个“中国通”对清廷官员说：“听说贵国有一种特殊的文学形式，叫作对联。我今天出一上联，看看诸位谁对得出？”

然后，他得意地吟出了上联：

琴瑟（sè）琵琶，八大王王王在上；

当时清廷的众多官员，瞠（chēng）目结舌，面面相觑（qù）。若是没人对得上，那多丢脸啊！

这时，一位中国人站起来，掷地有声地说：

魑（chī）魅（mèi）魍（wǎng）魉（liǎng），四小鬼鬼鬼犯边。

周围响起热烈的掌声。聪明的你应该知道了，今天老师要给你们介绍的文学“小精灵”就是对联。

“欢天喜地就过大年，千家万户乐团圆，过大年可是那个不一般，老规矩祖辈就传到今天：二十三糖瓜儿粘，二十四写福字，二十五扫尘土，二十六那个炖牛肉，二七二八把面发，二九对联贴门口……”春节，是对

联小精灵开联欢会的时候，几乎家家户户都贴对联，这种对联叫春联。2019 年春节前夕，英国首相特雷莎·梅还在唐宁街 10 号的首相府贴了一副春联：

丹凤呈祥龙献瑞；

红桃贺岁杏迎春。

晚清重臣陶澍（shù）非常喜欢对联，不仅自己喜欢，还因为喜欢一副联精灵而喜欢上对联的作者，并要与作者结为儿女亲家。那年，陶澍经过醴陵，来到醴陵县专门为他新修的馆舍休息，看到一副迎接他的对联：

春殿语从容，廿载家山，印心石在；

大江流日夜，八州子弟，翘首公归。

意思是你在宫殿里从容地与皇帝说话（道光皇帝半个多月内召见陶澍达 14 次），但是家乡的印心石（陶澍家门口的河水中有一块突出的大石，形如方印，他把这块石头称作“印心石”，把自己读书之屋取名叫“印心石屋”。道光皇帝亲笔题赐了两块“印心石屋”匾额）还在那儿等着你呢！大江日夜不停地流，就像家乡的子弟日日在盼望你回乡看看。

看到这样可爱的联精灵，陶澍怎能不满心欢喜？他找来对联的作者左宗棠，相谈甚欢，还留左宗棠在馆舍住了一宿，第二天又推迟行程，特意多停留一天，在左宗棠的陪同下周游醴陵……

对联小精灵受欢迎，可不仅仅在过年的时候、迎客的时候，结婚、祝寿、追悼……家里有什么大事，人们就要请对联小精灵来见证一下。即使没大事，人们也愿意请联精灵来“做客”，大门口、房门口、客厅正中墙壁上……联精灵都可以“随意就位”。有时候，人们还将联精灵作为馈赠亲友的礼物；有时候，也将联精灵作为自己的座右铭。风景名胜区的负责人，更是喜欢请联精灵为自己的景区代言。总而言之，它就是个人见人爱的小精灵。

不仅如此，我们的诗词里也常常有联精灵的身影：“白日依山尽，黄河入海流”“远看山有色，近听水无声”“过江千尺浪，入竹万竿斜”“水光潋滟晴方好，山色空蒙雨亦奇”“青箬笠，绿蓑衣”……

《西游记》《书剑恩仇录》《鹿鼎记》等小说的回目里也有联精灵的身影：“灵根育孕源流出；心性修持大道生”“官封弼马心何足；名注齐天意未宁”“盈盈彩烛三生约；霍霍青霜万里行”“千里帆墙来域外；九

霄风雨过城头”……

为什么这么多人喜欢联精灵呢？为什么这么多地方都欢迎联精灵呢？这一定是有原因的，我们一起来探讨联精灵这么可爱的原因，好吗？

2. 小巧玲珑的联精灵

“今天我和小明一起打羽毛球，他打过来，我打过去，他打过来，我打过去，他打过来，我打过去，他打过来，我打过去……”

这篇作文有趣吗？没有吧？

你还想听下去吗？不想吧？

因为你们知道接下来还会是“他打过来，我打过去”，太没趣了！

这个同学为什么会写这样的作文呢？因为要求必须写400字。他根本就写不出来，只好写了很多个“他打过来，我打过去”。

联精灵却不会带给你们这样的烦恼，不信你看——联精灵是一种只需要两行字的文学样式。这两行字啊，还随你想写多长就多长，一行只有一个字也行。比如：

墨；

泉。

这个对联有个好玩的地方，就是上联的“墨”可以分成“黑土”，下联的“泉”可以分成“白水”。而且，除了“墨”和“泉”都是名词以外，“黑”和“白”都是表示颜色的词语，“土”和“水”都是五行中的基本要素，是不是很好玩？

不要以为两个字的对联就只能是文字游戏而已，它也能表达一个完整的意思。

1931年，日军大举侵华的九·一八事变发生后，有人为死难烈士写下了一副奇特的挽联：上联是一个“死”字，下联则是一个倒写着的“生”字。这联是不是比“宁可站着死，也不倒着生”技高一筹？

对联就是这样只有两行字的小精灵，它一般单边只有几个字、十几个字，最短可以短到一个字。当然，对联也不是不可以长，如果谁愿意写，写个万把字的对联也可以，钟耘舫拟题江津县江城楼联，就有1612字。不过，我们不提倡写很长的对联，因为对联写得过长，有很多规矩难以把握，就如贪食蛇一样，太长了行动就不方便了。“精灵”嘛，还是不要变成庞然大物的好。

小是小，有首歌这么唱：“别看我小，别看我小，我有雄心志气高……”

1946年，画家齐白石先生创作了《松柏高立图》，并写了与之匹配的篆书四言联：

人生长寿；

天下太平。

这联精灵虽然“小”，但与《松柏高立图》一起表达了那个时期老百姓对国家和平发展、人民健康长寿的美好愿望，“志气”高得很啊！

鲁晓川先生题张鸿先生青梅书屋联：

何人煮酒；

我自耕心。

看到青梅二字，很多人都会想到青梅煮酒论英雄的故事：

曹操与刘备一边煮酒，一边用青梅当下酒菜，一边议论天下英雄。

曹操问刘备：“玄德久历四方，必知当世英雄。请试指言之。”

刘备害怕曹操因为知道自己将来想和他瓜分天下而把自己杀掉，故意说了袁术、刘表等几个名字，曹操却“以手指玄德，后自指，曰：‘今天下英雄，惟使君与操耳！’”曹操曾经举荐刘备担任豫州牧，而使君是对州刺史或州牧的尊称。意思就是说：“天下英雄只有你和我啊！”

刘备一听这话，吓得筷子都掉了。幸亏天上刚好传来雷声，他就说是雷声吓得他把筷子掉了：“一震之威，乃至于此。”

可这幅对联的作者其实对谁是英雄不怎么关心，所以懒得管“何人煮酒”，那管什么呢？“我自耕心。”有人也许要问：“心怎么耕呀？”我们不是常常说“心田”吗？是“田”自然就可以耕，“要想地里不长草，最好的办法就是在地里种满庄稼”。我们把心田耕好，种满庄稼，自然能获得大丰收啊！

八个字，够小巧吧？却有故事、有深意，这小精灵还真是不简单啊！

3. 花容月貌的小精灵

1916年6月6日，当了83天皇帝的袁世凯在万民的唾骂声中死去。有人写了这样一副挽联（哀悼死者、治丧祭祀时专用的对联）：

袁世凯千古！

中华民国万岁！

如果我告诉你这是副骂人的对联，你会不会觉得奇怪？

这确实是一副骂人的对联，但我们从文字上看不到任何骂人的痕迹：“千古”一词是哀悼死者常用的婉辞，表示永别或永垂不朽。多用于挽联花圈等的上款，可以说是中规中矩。下联的“中华民国万岁”更是无可挑剔。那又为什么说是骂人的联呢？

作者骂人的“机关”，竟然在于对联的特点——上下联字数相等。

联精灵不仅是文学艺术，还是装饰艺术，而且往往出现在门、楹柱（古代大型建筑门前的两根柱子，所以对联又叫楹联）、牌坊等显眼的地方。这些东西往往讲究对称美，那么，镌刻、张贴在建筑上的对联自然也讲究对称美了。

不识字的人看了几副对联都能知道，对联小精灵有个特点就是分成两个部分，左边一半，右边一半，讲究对称。“对”有“成双成对”的意思，所以对联一定是成双的，所以有不少人说对联就是“两行字”。这两行字像正常人的两条腿一样。为了区分人的两条腿，分别叫左腿和右腿；为了区分联的两行字，我们也把它们叫作上联和下联。

正常人的左腿和右腿一样长，正常联的上联和下联也一样长。上联五个字，下联也五个字；上联七个字，下联也七个字……这样看起来才整整齐齐，有对称美。所以我们看到的对联都乖乖地遵循这个原则，上下联字数相同，不多不少。

这副“对联”上联五个字，下联六个字，只要稍微懂点对联的就知道这对联有问题。“千古”“万岁”是两个字对两个字。而前边“袁世凯”是三个字，“中华民国”是四个字，“对不起”啊！

果然，当对联一挂出来，马上有人说：“这‘袁世凯’对不起‘中华民国’啊！”

联作者意味深长地笑了笑：“袁世凯本来就‘对不起’中华民国！”

这个“对不起”在这里一语双关：表面上是指三个字对四个字“对不上”，实际上是说袁世凯做了对不起中华民国的事情，是中华民国的罪人！

1912 年，孙中山先生推翻帝制，建立中华民国。1915 年 12 月，袁世凯却又自称皇帝，“民国”又变成了“帝国”。所以，这位联家觉得袁世凯对不起中华民国。

这个故事告诉我们对联是需要上下联字数相等的，否则就是“对不起”。嗯，给这个故事记一等功。

为了让联精灵更漂亮，人们在书写对联的时候，选纸张也是非常用心的，除了办丧事，往往都选用颜色鲜艳、喜气洋洋的红色纸张来书写对联。

不过，办丧事用的对联，就不用喜庆的红纸了，而是用黑底白字来写对联，花圈上的挽联则用白纸书写。过年的时候，如果家中有新孝，春联也不能用喜庆的红纸书写，只能用蓝纸、白纸，否则就是不孝。

可是，沅江有个人，为了联精灵的美也是拼了。那年，他家有新孝，却认为过年要喜庆，贴蓝色、白色春联煞风景，坚持要用红纸。这可难坏了帮他写对联的人。最后，还是有个叫祝绍依的有办法，写道：

护郭春风吹草绿；

思亲血泪染笺红。

这下好了，人家看到红色的对联纸刚要批评几句，再看一看内容，就无话可说了——为什么用喜庆的红纸？那是思亲的血泪染红的！你还要说我不孝顺吗？

另外，不少人还会请最棒的书法家来书写这些联精灵，让联精灵更漂亮！还有用名贵的木头、石头刻联精灵的，都是为了让联精灵美美哒！甚至，见到一个漂亮的古典建筑，若是发现居然没有美美的联精灵陪伴着，都会觉得美中不足。

是啊，对联不仅自己花容月貌，还可以使建筑更加美丽！这样的小精灵，我们怎么能不爱它呢？

4. 古灵精怪的小精灵

清朝咸丰年间有一位叫陈海鹏的武将，住在长沙新河边上，他在新河里养了许多鸭子。朋友来了，他就杀鸭子招待。有人以此事为题，写了一联：

欲吃新河鸭；

须交陈海鹏。

这联纯粹是大白话，不提醒你，你可能都不知道这是对联，而且还对得那么工整："新"对"陈（旧）""河"对"海""鸭"对"鹏"简直绝了！

更好玩的是，陈海鹏去世以后，他的孙子继承了爷爷的事业，继续放鸭。于是有人就在上下联各加了一个字，又对上了：

欲吃新河鸭子；

须交陈海鹏孙。

事情虽然变化了，小精灵"原地不动"，只需要加两个字就行，是不是很好玩？

当代联家胡静怡先生，有次听到一个人将"草菅（jiān）人命（草菅：野草。把人命看作野草，指任意残害人命）"读成"草管人命"，将"电掣（chè）风驰（形容像闪电刮风一样迅速）"读成"电制风驰"，一声长叹之后，写了一副对联：

花管清香月管阴，草"管"人命；

铁制大刀铜制剑，电"制"风驰。

人家读错字他也能写出个对联，不得不说一句："有文化的人真会玩！"

有一次，唐代书法家颜真卿与怀素饮酒论书法。酒至半酣（hān），怀素起身说："近来有人出了一则谜语让我猜，现在写出来向太守请教。"说完挥笔写下：

白蟒过江，头顶一轮明月；

颜真卿一听，马上知道了这是指灯草——古时候把一根白色的灯草放在清油里边，从一头点燃，还真像一条白蟒头上顶着一轮明月。他捋（lǚ）着胡须称赞道：“上人之书，亦真有白蟒过江之势，岂是谜底的那根灯草所能比拟！”

人家出了上联，自己总该对个下联，颜真卿说着，接过怀素手中的笔，在另一张纸上书道：

乌龙挂壁，身披万点金星。

怀素看了，马上知道是说杆秤——古代的杆秤一般漆成黑色，然后在上边钉入一排小铜钉，这些铜钉的钉头露在外面，星星点点，成为刻度标记，可不是“乌龙挂壁，身披万点金星”？他拍手叫好，然后说：“太守的草书，遒（qiú）如乌龙，其分量可比谜底杆秤中的秤锤更重万钧矣！”

没事用对联来猜谜语，还顺便评论书法，这玩得也太高级了点！

更厉害的还有呢！有人写挽联也开起了玩笑，真是“不怕鬼”！

有个道士去世了，吴竹芳先生为他写了副挽联：

吃老子的饭，穿老子的衣，一生到老，全靠老子；

喊天尊不灵，叫天尊不应，两脚朝天，莫怪天尊。

吴竹芳先生，你怎么这么调皮？难道那个道士是吃你的饭穿你的衣？

吴竹芳先生回答说：“道士是道教的传教人员，道教的来源主要是两方面：一方面是上古时代的神道，另一方面则是老子所著《道德经》中的道经。相传，老子就是道教的太上老君，道教奉为教祖。所以，说道士‘吃老子的饭，穿老子的衣，一生到老，全靠老子’，这是实话实说。”

呵呵！话是这么说，其实大家都晓得他玩的什么名堂！“老子”有好几个意思，除了指圣人老子，还有“父亲”和“骄傲的人的自称”的意思。

所谓“死者为大”，挽联一般比较严肃，是不可以随意开玩笑的。但是，这位吴先生为什么这么“没大没小”呢？也许因为对方是一个道士，而道教教祖老子正信奉“生亦不喜，死亦不悲（活着也没什么值得高兴的，死了也没什么可伤悲的）”。所以，开个玩笑也是可以的吧？

但是，开玩笑是个高难度的技术活，没有把握的时候，切勿模仿噢！

5. 善“表”人意的小精灵

民国时，有一个叫周邦炎的孩子考上了大学，可是却没有钱交学费，周邦炎爸爸就卖了田地供孩子读书，亲友邻居里有不少人都嘲笑他太蠢。周邦炎爸爸也不辩解。等到周邦炎大学毕业，亲友邻里都来道贺的时候，周邦炎爸爸在大门上贴了副对联：

衣锦荣归，今日方知吾子贵；

卖田送读，当年曾笑老夫愚。

呵呵，那些曾经嘲笑过他的人，自己背诵并默写。

话剧《陈毅市长》中，齐仰之先生在房间的墙上贴着“闲谈不得超过三分钟”的条幅。著名爱国民主人士沈钧儒先生也不喜欢人家老找他闲聊，但是他的“宣言”来得高级一点儿，他撰了副对联挂在厅堂里：

立志须存千载想；

闲谈无过五分钟。

现在每个人都有一大堆微信群，我没时间在群里闲聊，又怕人家找我说话我不答腔显得不礼貌，就丑话说在前边，发了一副对联在群里：

没空聊天，非无礼貌非因懒；

专心做事，要写文章要顾家。

这些都说得比较直白，这样的话我们直说没多大关系，可是有些话却直说不得，那就只好说得委婉点。联精灵也可以帮助你委婉地表达一些意思。

明末清初思想家王夫之在衡州（今湖南衡阳）建了一个湘西草堂。清政府派衡州知府带厚礼登门庆贺，想趁机拉拢他。可王夫之反对清朝，不想为清朝效力，就写了这样一副对联贴在门上：

清风有意难留我；

明月无心自照人。

“清风明月”喻指清闲恬静的生活。但这里的“清”和“明”应该是别有深意，“清”是指清朝，“明”是指明朝。衡州知府一看，知道再怎么拉拢也拉不动王夫之，只好作罢。看看，小精灵多么厉害啊！

明代礼部侍郎程敏政自幼聪慧过人，名噪朝野。

宰相李贤欲招为女婿，设宴召见，但又不想明说，就指着桌上的食物出上联命他对：

因荷（何）而得藕（偶）？

表面意思是因为荷花而得到莲藕，实际谐音“因何而得偶？”你因为何种原因而得到配偶？

程马上明白宰相的意思，微笑着对出下联：

有杏（幸）不需梅（媒）。

表面意思是宴席上已经有杏子就不需要梅子了，实际谐音：“有幸不需媒”。意思是：我因为有幸被大人看中而不需要媒人了。

这两个人，表面上说吃东西，实际上通过一副对联把婚姻大事就这样解决了，真不严肃！波老师吃东西的时候绝对就只记得吃东西，哪还想得了那么多！

6. 对答如流的小精灵

乾隆皇帝喜欢微服私访。一次在乡间游玩时，见到一农家张灯结彩，欲办喜事，便“调皮”起来，让侍从为这家主人送去三个铜钱和一个出句：

三个铜钱贺喜，嫌少勿收，收则爱财；

这家主人被难住了，三个铜钱，收下也不是，不收也不是。

乾隆很得意。

没想到这家一个正在读私塾的孩子在旁边答道：

两间茅屋迎宾，怕穷莫入，入因贪吃。

哈哈！这下，轮到乾隆左右为难了。呵呵，叫你喜欢为难人！殊不知这世界上有些人，是因为别人没能难住他而出名的，比如下面这些联家。

明代联家李东阳被誉为神童，六岁时即被明英宗召见。过宫门时，小东阳年幼脚短，迈不过门槛。英宗见状戏出一联：

书生脚短；

小东阳脱口而出：

天子门高。

既对了对子，又回答了跨不过门槛的原因。英宗非常高兴，便抱他坐在自己的膝上。坐好之后，见东阳的父亲站在阶下，又问小东阳：

子坐父立，礼乎？

意思是：你坐着，让你父亲站着，恐怕不合礼仪吧？这显然是有意考小东阳。

我估计小东阳此时心里说了句：是你要抱我坐的，现在又拿这个来批评我。要不，你把我爸也抱着坐？这当然是开玩笑的！小东阳不会这么想也不会这么说，他很快答道：

嫂溺（nì）叔援，权也。

什么意思？古时候有“男女授受不亲（男人和女人的动作不要太亲密）”之礼仪，可是，如果嫂嫂溺水了，小叔子去救起来，这是视实际情况而变通做法的权宜之计。总不能因为“男女授受不亲”而不救人。小东阳用这个典故，表示自己坐而父亲站着，是根据实际情况而变通的做法：“是皇帝陛下主动要抱我坐的，难道要我‘抗旨’然后让您抱我爸坐着不成？”

也不知道当时明英宗有没有自嘲一笑：“是啊是啊！是朕要抱你坐着，又拿‘子坐父立’来为难你，朕不厚道啊！”

江西萍乡人刘凤诰（gào）殿试考了第三名，又称探花（第一名称状元，第二名称榜眼），乾隆召见进士们时，见他是个独眼，便出了一上联考他：

独眼怎能上龙榜？

“龙榜”指龙虎榜，指揭示的名单，指一个时期内的社会知名人士同登一榜。提人家生理缺陷是不友好的行为，我们可不能任性模仿。乾隆皇帝是为了试探人家才学，暂且原谅他一次——反正不原谅他我们也无法找他算账了。

幸亏刘凤诰也不怕，当即答道：

半轮依旧照乾坤。

意思是当月亮只有半轮的时候，不也在照着乾坤吗？乾隆一听，嘴角露出一丝微笑，此人还真有些才学。想了想，又出一联：

东太白，西长庚，北斗南箕，朕为摘星汉；

刘凤诰又随口答道：

春牡丹，夏芍药，冬梅秋菊，臣是探花郎。

乾隆以四方星辰为题，刘凤诰以四时花卉相对；乾隆自称“摘星汉”，刘凤诰自称“探花郎”，既合联意，又切合君臣身份，十分工整。乾隆大喜，从此对刘凤诰另眼相看。

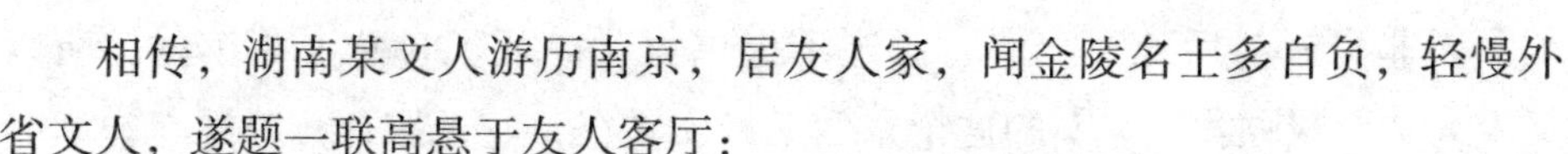

相传，湖南某文人游历南京，居友人家，闻金陵名士多自负，轻慢外省文人，遂题一联高悬于友人客厅：

吾道南来，原是濂溪一脉；

大江东去，无非湘水余波。

上联突出宋朝儒家理学思想的开山鼻祖周敦颐（世称濂溪先生，湖南人）的宗师地位，湖南学者受周敦颐影响很大，而自己正是其中的一个。下联说滚滚东流的长江，气势磅礴，但那也无非是湘江流下去的水（湘江是长江的八大支流之一）。

据说此后骄傲的江浙士人们再不敢“门缝里看人”了。

7. 排忧解难的小精灵

民国初年，有家茶馆，生意还算兴隆。但是，附近总有那么几个人，一大早就来到茶馆门口，见到有熟人进茶馆，就尾随进来和熟人一起喝茶。交钱的时候，假惺惺地争着来付，嘴里喊着：“我来！我来！”就是不掏钱。久而久之，那些真付茶钱的人就不太光顾这家茶馆了，生意慢慢冷清下来。老板对白喝茶的人十分讨厌，却又想不到办法。那天，一位叫“千百晓”的艺人来喝茶，给茶馆写了一副对联挂在了柱子上：

请客若真心，就该一五一五；

做东如假意，何必“我来我来”。

白喝茶的人被这么一揭穿，不太好意思再来了，白喝茶的现象逐渐少了，老茶客又来光顾了，茶馆的生意又兴隆起来。

古时候，有个人开了个棺材铺，别的店都贴了对联夸自己卖的商品，他卖的这个可有点儿不好夸，难道写“睡得舒服”？难道搞“买一送一”？最后还是联精灵帮的忙：

这买卖稀奇，人人怕照顾我，要照顾我；

那东西古怪，个个见不得它，离不得它。

这联精灵真聪明，把一件那么让人忌讳的事情说得这么艺术。仔细想想，确实如此：生命多么可贵，“好死不如赖活着”，谁都不想死，怕死，所以都怕照顾这个买卖，“人人怕照顾我”，但是，“人生自古谁无死，无非先死与后死”。那时候还不提倡火化，死了自然要买棺材，所以又人人“要照顾我”。卖的这个东西又确实古怪，它总跟死亡联系在一起，所以个个“见不得它”，见了就伤感、害怕；但是那时候的人，谁都希望自己过世以后有它安身，不想“暴尸荒野”“死无葬身之地”，又“离不得它”。

有一位商人，在给父母合葬时，不懂规矩，误将父亲葬在西边，母亲葬在东边。经人提醒，商人知道这样不合规矩，但又不好移坟，于是便准备在坟前立两个石柱子，写一副对联刻在上面，以求补正。结果，请了很多文人都说不会。最后，一位进士请来个联精灵解决了这个难题：

生前既不离左右；

死后何必论东西。

清乾隆年间，有位状元，名秦涧泉，杭州人，是著名诗人袁枚的学生。一天，他同友人拜谒岳飞墓。友人戏指他是秦桧（huì）的后代，并要他题联。

这个事情可不好办。岳飞是宋朝抵抗外敌入侵的将领，秦桧却是以“莫须有（也许有）”的罪名杀害了岳飞的坏人。所以，人们非常痛恨秦桧，在岳飞坟前浇铸秦桧的跪像，让他千秋万代受世人唾骂。清代有个姓徐的松江女子还为此事写了副对联：

青山有幸埋忠骨；

白铁无辜铸佞（nìng）臣。

可秦涧泉偏偏和这个人人痛恨的奸臣同姓，怎么办呢？

聪明人就是难不倒，他题的联是：

人从宋后羞名桧；

我到坟前愧姓秦。

对联把秦桧名姓分别嵌入联尾，对千古罪人进行了无情鞭挞，也表明了自己虽然也姓秦但绝不会“学坏样”的决心，别人还能有什么说辞？友人见后，连连称“妙”！

8. 点石成金的小精灵

长沙望城区靖港古镇陨石博物馆落成开馆，胡静怡先生根据陨石的特征及来历，题联为：

天外飞来，莫道灵光惟一瞬；

人间仰止，纵成顽石亦千秋。

一个石头，“天外飞来”“灵光”“人间仰止”“千秋”，让人不得不佩服胡静怡先生的思路，神话故事里有点石成金的手指，这是点“石”成金的对联啊！

这样“点石成金”的对联还有不少。

民国时，长沙某澡堂开业，这个对联怎么写？难道写“脱衣”“擦墁（màn，江西西部方言，指身上的污垢）”。对联小精灵才不这么俗气：

到此皆洁己士；

相对尽忘形交。

将清除自己的污垢说成是“洁己”，“洁己”本是使自己行为端谨，符合规范的意思，“清洁自己”，不也可以吗？

“忘形”原指超然物外，忘了自己的形体，后形容过度高兴而失去常态，亦指朋友相处不拘形迹。“忘形交”本指不拘身分、形迹的知心朋友。在社交场合，服饰整洁是一种礼貌，在澡堂里可顾不了这个，那就当作是好朋友之间的“不拘形迹”吧！

有一个小才子，因为他很会对对子，遭到一些人的嫉妒。有一人知道小才子的家里是卖烧饼和豆腐的，便刻意在一人多的场合问小才子父母亲是干什么的，想趁机奚落小才子。

小才子知道对方的目的，他才不会说什么“我家是卖烧饼和豆腐的”，而是不慌不忙地吟道：

严父肩挑日月街前卖；

娘亲手把乾坤屋内磨。

众人听了，无不拍案叫绝，想奚落他的人碰了一鼻子灰。

有一个姓朱的女子，以对联择婿。

她出的上联是：

栽数盆花，探春秋消息；

不少人应对，她选中了熊希龄先生的对句：

蓄一池水，测天地盈虚。

这出对子的是高手，将普普通通的花变成了“探春秋消息”的能手，对对子的则更胜一筹，将普普通通一池水变成了“测天地盈虚”的高手。可惜他们都不在了，不然我一定要请他们写副对联给我，看能不能把平平无奇的波老师夸成个了不得的人！

武冈双峰山佛寺联，则把寺僧与访客比成佛印与东坡，谁看了会不高兴呢？

座上有僧皆佛印；

堂前无客不东坡。

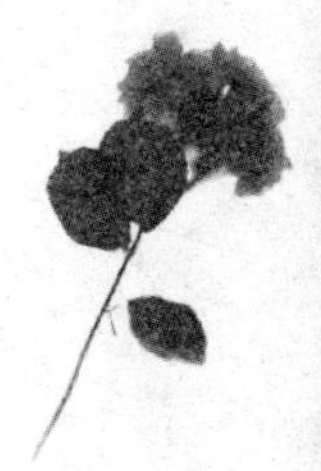

9. 指点迷津的小精灵

武冈城东郊头凉亭有一副对联，不写景色，也不发议论，更不打广告，只告诉你在什么路段，或者说它就是个指路碑：

若问前程，离武冈还有十里；

欲明地段，过托坪就是二堂。

原来联精灵还会指点迷津啊！联精灵微微一笑："我可不仅会指地上的路噢！我还能指人生的路。"

现在科技发达，我们不知道路，打开手机导航，它就会教你怎么走。可是，我们的人生路该怎么走却没有导航。每个人的生活轨迹完全不同，也不可能每一步都有人告诉你怎么走。所以，我们有时候站在那儿不知所措。需要长辈、智者等给我们指引方向，当然，联精灵有时候也可以的。

某村有两位村民要进城打官司。他们气喘吁吁地走到五里岭，见到茶亭上有一联：

因甚的走忙忙，这等脚乱步慌，毕竟负屈含冤，要往邑中伸曲直；

倒不如且坐坐，自然神收怒息，宁可情容理让，请回宅上讲调和。

读罢此联，两人羞愧不已，不再为琐事纠缠，握手言和，转头回家。这件事很快就传开了。后来，人们便把五里岭称为"回头岭"。一副联精灵，为两个迷惘的人指明了方向，厉害吧？

有一年除夕，在欢欢喜喜、热热闹闹的春联里边有这么一副对联：

行节俭事；

过淡泊年。

这是一位秀才家的春联。他的好朋友见了，知道他没钱过年，就带了些东西来接济他。临走的时候，朋友想：其实，秀才家也不是特别穷，就是不会过日子，钱都没有用在需要的地方。长期这样下去也不是个办法。于是，他拿起笔在对联前边各加了一个字，变成了：

早行节俭事；

免过淡泊年。

秀才一看，明白了朋友的意思，学着精打细算过日子，“早行节俭事”，再也不用“过淡泊年”了。

一副联精灵，让一个不懂节俭的人学会了节俭，“免过淡泊年”，厉害吧？

明代进士孙升，官至礼部尚书。他的三个儿子却坐享荣华富贵，不学无术。孙夫人心里着急，思来想去，特地手书一联悬于正堂。

爱惜精神，留此身担当宇宙；

蹉跎风月，将何日报答君亲。

上联是期望，下联是警告，意在劝告儿子不要虚度光阴，要以担当天下为己任，不辜负父母的养育之恩。

三个儿子在联精灵的指点下，终于有所悔悟，改邪归正。

鸦片等毒品是个害人的东西，可是有些人却不明白，还是走进了烟馆（供人吸食鸦片烟的营业场所）。清末民初，有人为了宣传戒烟（鸦片），写了这样一副对联：

若不撇开终是苦；

入能知返便为人。

这联利用汉字字形的变化来一语双关：“若”字中间的一撇，如果不撇出去，写短了的话，便成了“苦”字。“撇”除了是笔画名称，还有“抛开”的意思。意思是如果你撇不开毒品的话，就只能受苦；“入”字如能反转过来，便成了“人”字，意思是如果以前入了烟馆的如能够回头，就能重新做人。我相信，这联让不少人停下了前往烟馆的脚步。

第二章　不上你的当

“星期天的早上，我陪妈妈买菜，妈妈说我真听话，越来越乖。妈妈有事儿离开，叫我在原地等待。过了一会儿，一个叔叔向我走来：‘小朋友，叔叔给你糖吃，你跟叔叔去玩好不？’我不上不上，我不上你的当！我们之间没有什么话好讲！我不上不上，我不上你的当！我看你就是传说中的大灰狼！”

这首《不上你的当》很多同学都听过。你们知道不要上“大灰狼”的当，那你们知道怎么不上假联精灵的当吗？《西游记》里，有“假美猴王”，生活中，也有“假联精灵”，它企图让我们上当，把它当成真的联精灵。哈佛大学校长福特斯说：“高等教育的终极目的就是确保学生能够分辨有人在胡说八道。”我们要擦亮自己的眼睛，要知道什么是真正的联精灵，什么是胡说八道的“假联精灵”，以防上“假联精灵”的当。

1. 字句对等

清代联家李调元在广东上任不久，应当地文人墨客之邀一同郊游。他们一行来到一个山清水秀的地方，小路突然中断，前边悬崖峭壁上刻着“半边山”三个字，旁边的小溪一边高一边低，只有较低的地方有溪水缓缓流着，路边立有一碑，碑上刻着一行字：**“半段路，半边山，半溪流水半溪涸。”**

李调元正疑惑，有位秀才解释道：“碑上的这行字是苏东坡、黄山谷和佛印同游时留下的。据传，当时佛印为苏东坡出了这上联，苏东坡环顾四周，立即请黄山谷将此上联刻碑于此。这碑上只有半边对联，可能东坡先生无法对出下联才立碑于此。早闻大人才思敏捷，能否代同乡苏学士一洗此羞？”

李调元一听就明白，那人求对是假，想试试自己的才学才是真。他略加思索，从容说道：“这下联，其实苏学士早就对出来了，何须再对？”

众人迷惑不解。

他接着说：“其实，苏学士请黄山谷写字刻碑于此，正是为了联对，这叫‘意对’，这下联是：‘**一块碑，一行字，一句成联一句虚。**’”

众人听后，恍然大悟，原来这“孤单”的“对子”其实不孤单，它是一副对联：

半段路，半边山，半溪流水半溪涸；

一块碑，一行字，一句成联一句虚。

这个故事告诉我们，对联一般是两句的，成双成对。像故事中这样看上去只有一句的只是特例，它其实还是两句，只是另一句需要人去猜而已。

也有不是两句的对联，它叫三柱联。它们一般出现在有三根柱子的建筑物上，中柱贴上联，左右两柱分贴两个下联。湖南靖港古镇玉楼春酒楼有吕可夫先生撰的一副嵌名三柱联：

上联是：**情侣登楼，和气长招珠履客；**

下联一是：**玉壶酿酒，良辰小醉夜光杯。**

下联二是：**春风满座，佳肴大快布衣情。**

可惜书法家书写的时候把“快”写成“块”了。

有一次，刘秋泉先生在朋友圈晒他收到的胡党生先生的对联书法作品，联里嵌了“秋”“泉”二字：

秋色缤纷千里鹤；

诗情泽润万斛泉。

波老师眼红啊，就说：“王之涣和骆宾王早就为我写了嵌名的对联：上联是‘黄河远上白云间’，下联是‘红掌拨清波’。”

这样的低级错误，成功把刘老师气晕在手机旁。呵呵，波老师“人气”不行，“气人”可是真行。

其实，我说“黄河远上白云间”和“红掌拨清波”合起来是嵌名联肯定是开玩笑的啦，这两句话“嵌”是“嵌”了“黄”“波”二字，但根本就不是“联”，对联“上下联的字数要相等”这样的知识俺还是知道的。这两句诗，别的先不说，一句七个字，一句五个字，怎么叫对联呢？对联

很生气，马上来进行自我介绍。

“对联”的“对”，有“成双成对”的意思，而“对”和“双”一般用于基本相同的两个事物，如一双鞋子、一双袜子、一双筷子……所以，对联除了分为上下联，上下联的字数也是一样的——从“袁世凯对不起中华民国”的故事，大家已经知道：除了人们要用不等的字数表达特殊的含义外，对联必须是上下联字数相等的。就如你不会把一只四十码的鞋子和一只二十码的鞋子说成一对，更不会把一只鞋子和一根筷子说成是一对。

所以，中国楹联学会颁布的《联律通则》第一条要求就是“字句对等”。

“句对等”，指对联上下联的句数也要一样，上联只有一句，下联也只有一句；上联两个分句，下联也两个分句；上联三个分句，下联也三个分句……不能上联两个分句，下联三个分句。

如王时敏自题联：

德从宽处积；

福向俭中求。

如熊亨翰自题书房联：

读万卷书，还须行万里路；

享百年寿，何如做百世师。

“字对等”，是指对联上下联的字数要一样，如果上联是五个字，下联也必须是五个字（叫五言联）；上联是六个字，下联也必须是六个字（叫六言联）；上联是七个字，下联也必须是七个字（叫七言联）……不能像“袁世凯千古；中华民国万岁”那样上联五个字下联六个字。有些不懂对联的人，把两句字数不相同的所谓对联分贴在门的两边，就说是对联，这样是不行的。要像下边所举的例子一样才是符合要求的。

纳于大麓；

藏之名山。（清·程颂万题岳麓书院二门）

欲除烦恼须无我；

历尽艰难好做人。（清·俞樾）

当然，上下联有多个分句的，每个对应分句里的字数也要相等。

本节知识点：

《联律通则》第一条：字句对等。一副楹联，由上联下联两部分构成。上下联句数相等，对应语句的字数也相等。

小试牛刀：

请找出这些句子相应的上联或下联：

1. 天不可欺，人不可欺，何处瞒藏些子？（ ）

2. 壁立千仞，无欲则刚。（ ）

3. 何物动人，二月杏花八月桂。（ ）

4. 行是知之始。（ ）

A. 学非问不明。B. 性分当尽，职分当尽，莫教欠缺分毫。C. 海纳百川，有容乃大。D. 有谁催我，三更灯火五更鸡。

参考答案：

1. B 天不可欺，人不可欺，何处瞒藏些子？性分当尽，职分当尽，莫教欠缺分毫。（吕坤）

2. C 海纳百川，有容乃大；壁立千仞，无欲则刚。（林则徐）

3. D 何物动人，二月杏花八月桂；有谁催我，三更灯火五更鸡。（彭元瑞）

4. A 行是知之始；学非问不明。（陶行知）

2. 节律对拍

上一节讲对联的“字句对等”，那我们来看看这副“联”：

师友肯临容膝地；

左丘明两眼无珠。

都是一个分句，都是七个字，是不是就合格了呢？可惜它们节律完全不一样，我们给它们画一画节奏你就会明白的：

师友 / 肯临 / 容膝地；

左丘明 / 两眼 / 无珠。

这一看就不太般配啊！

对联就如手套，对联分五指手套、二指手套等，我们不会把一个五指手套和一个二指手套弄成一副手套，对联也一样不可以这样。这副“联”之所以看上去别扭，就是因为它们的节奏不一样。为了让大家明白什么是对联的节奏，波老师把一只“五指手套”和一只“二指手套”故意放到了一起。

上联是林则徐先生自题于福州文藻山故居的联：

师友 / 肯临 / 容膝地；

儿孙 / 莫负 / 等身书。

我们把原联的节奏一画，就会发现它们“步调一致”，非常和谐。

下联则出自一个落第考生讽刺徇私舞弊的左姓考官和赵姓考官的对联：

赵子龙 / 一身 / 是胆；

左丘明 / 两眼 / 无珠。

这联真是绝了，你说他语含讥讽吧？历史上确有左丘明晚年双目失明仍纂（zuǎn）修《国语》的事，也有刘备夸骁（xiāo）勇善战的赵子龙（赵云）“浑身是胆”的事。你说他没骂人吧？聪明人都知道“两眼无珠”讽刺左、赵两人“瞎了眼”，分不清人才和饭桶；“一身是胆”讽刺左、赵两人目无法纪、胆大包天。

所以，这“两只手套”虽然看上去一般大小，但一个是“五指手套”，一个是“二指手套”，所以也不是一对！

《联律通则》第四条明确规定：“节律对拍。上下联句的语流一致。节奏的确定，可以按声律节奏‘二字而节’，节奏点在语句用字的偶数位次，出现单字占一节；也可按语意节奏，即与声律节奏有异有同，出现不宜拆分的三字或更长的词语，其节奏点均在最后一字。”

这里所说的音调节奏，指句子节奏形式。就是句子的停顿处，上下联相对的句子，节奏形式应当相同。节奏本是音乐术语，指各种音响有一定规律的长短强弱的交替组合，在对联中，可以表示为音义的停顿。相同字数的句子，可以有不同的节奏形式。

掌握了这个，我们才能做到“不放过一副坏联”，当然也才能“不冤枉一副好联”。波老师手里有本对联书，里边说有一副应征对联“立意、构思、遣词都很好，结果在语音节奏上出了毛病，未能进入终审，很可惜”。再一看，他说的这副对联是这样的：

千山梅笑迎春日；

万户鸡鸣赞好人。

他给这副对联标的节奏是这样的：

千山 / 梅笑 / 迎春 / 日；

万户 / 鸡鸣 / 赞 / 好人。

我猜这位前辈是一时糊涂，只记得“迎春”是个词语了，忘记了“春日”也是个词语。其实，这副对联的节奏应该是这样的：

千山 / 梅笑 / 迎 / 春日；

万户 / 鸡鸣 / 赞 / 好人。

也就是说，这副联的节奏是没有问题的，评价这副联的前辈“冤枉了一副好联”。波老师恰巧知道这么个例子，就来给大家说明一下，并非有意说这位前辈水平不行，波老师读了他写的那整本书，水平还是很高的。但是，“人无完人，书无完书”，也是常态，这也正是我们要学好对联知识的原因——我们才知道书中说的对联知识是不是全都对。

本节知识点：

《联律通则》第四条：节律对拍。上下联句的语流一致。节奏的确定，可以按声律节奏“二字而节”，节奏点在语句用字的偶数位次，出现单字占一节；也可按语意节奏，即与声律节奏有异有同，出现不宜拆分的三字或更长的词语，其节奏点均在最后一字。

练功房：

仅从节奏的角度讲一讲，下边“两行字”的节律对拍吗？

1. **当共产主义接班人；**
   做抢包发包好少年。
2. **合家欢乐迎富贵；**
   满门平安好运来。

参考答案：

1. 节律不对拍。

当 / 共产主义 / 接班 / 人；

做 / 抢包 / 发包 / 好 / 少年。

2. 节律不对拍。

合家 / 欢乐 / 迎 / 富贵；

满门 / 平安 / 好运 / 来。

3. 词性对品

我们已经知道，对联的上下联字句对等，但是，并不是两句字数相同、节律对拍的话就可以成为对联噢！

正如我们买手套，如果店家拿两只五指手套给你，但一只是布手套，一只是皮手套，相信你是不会要的。我们要么买一双布手套，要么买一双皮手套，不会从布手套里拿一只，又从皮手套里拿一只，因为布和皮是完全不同的材质，如何凑成一双手套呢？

同样，对联的上联下联对应字词的词性要相同。不能“左手布手套，右手皮手套”。

手套的材质有布的、皮的、橡胶的……那对联的“材质”呢？构成对联的词的“材质”也是有区别的，词与词之间的这个区别，叫作词性。

“人”“山”“面包”“诗歌”等表示事物名称的词，叫名词。

“跑”“吃”“思考”“批评”等表示人或事物的动作的词，叫动词。

“红”“瘦”“美”“稠密”等表示人或事物的性质、状态、特征或属性的词，叫形容词。

“一”“三”“百”“万”等表示事物数目多少的词，叫数词。

“次”“片”“张”“趟”等表示事物或动作数量单位的词，叫量词。

“你”“我”“谁”“这”等用来代替一个或许多事物的词，叫代词。

为了方便，人们还把上边这几种词语统称为实词，其他的则统称为虚词。（这个知识有点儿枯燥，波老师把它放在本书《附录 2》，大家用的时候再细细看。）

对对子的时候，如果上联的第一个词语是名词，那么，下联的第一个词语也应该是名词。

古时候，为了让孩子们掌握对对子的知识，更好地做到“词性对品”，老师们编出了学习对对子的歌谣让孩子们诵读。最有名的是明朝李渔（号笠翁）的《笠翁对韵》和清代车万育的《声律启蒙》。一年级语文教材上的《对韵歌》也是教大家对对子的歌谣，你还记得吗？

《对韵歌》只是告诉我们某个词句可以那样对，但不是只能那样对。比如，这首《对韵歌》里有“花对树，鸟对虫”，但我们知道“春去花还

在，人来鸟不惊”里却是用“花”对“鸟”，这样子也可以的。

在对对子的时候，词性对品的要求是不一定的，分为工对和宽对。

首先上下联对应字词的词性必须一致。即名词对名词、动词对动词、形容词对形容词。北大著名教授王力先生《诗词格律》中，把名词又分为天文、地理、时令、人伦、宫室、衣饰、数量、方位、颜色、植物、动物、艺文、饮食等小类（详见本书《附录2》）。如果对联相对的词语属于同一小类的名词，即为工对，否则，即为宽对。

两个黄鹂鸣翠柳；

一行白鹭上青天。

“两个”“一行”，数量对数量；“黄鹂”、“白鹭”，动物对动物，而且是鸟类对鸟类，而且前一个字还是颜色对颜色；“鸣”“上”，动作对动作；“翠”“青”，颜色对颜色，对仗相当工整。

二年级语文教材上有这么一副对联：

白马西风塞上；

杏花烟雨江南。

其实，这副对联最初的模样是这样的：

白马秋风塞上；

杏花春雨江南。

这是画家徐悲鸿先生的联。后来，画家吴冠中先生将它改成了这样：

骏马秋风冀北；

杏花春雨江南。

为什么呢？因为“白马”的“白”是个表示颜色的词语，但是，“杏花”的“杏”不是表示颜色的词语，所以，将“白马”改成“骏马”与“杏花”对仗更工整；“塞上”虽然是可以与“江南”对，但是，吴冠中先生觉得用“北”对“南”更好，所以，就将上联改成了“骏马秋风冀北”。

也许有人奇怪，为什么只改了上联？那是因为下联是元代虞集《风入松·寄柯敬仲》中现成的句子，所以这联属于半集句联（第四章会专门为大家讲解），不宜更改。至于教科书上为什么下联的“春雨”变成了“烟雨”，那可能是编者不知道这是个半集句联或者是编者觉得“烟雨”一词更美一些吧。

但是，对对子也不能一味求工，首先得意思对上才好，不然就会闹笑话。

从前，有一个人略微认识几个字，自以为什么都懂。那年他母亲过六十大寿，他便找来一副对联：

天增岁月人增寿；

春满乾坤福满门。

他想了想，觉得这副对联要人人都增寿，没有突出为他母亲增寿，于是将上联改为："天增岁月妈增寿。"

他对自己的修改非常满意："这下就确切了，我妈增寿！"但又觉得下联中的"福"字与"妈"对仗不工整，一琢磨："爹"对"妈"不是更好吗？于是，他有点儿小得意地把"福"字改成"爹"字："嗯！这下对得多工整！"

于是，他家门口贴出了这么一副让人笑掉大牙的对联：

天增岁月妈增寿；

春满乾坤爹满门。

所以，当不能工对的时候，我们就在对仗的词性上放宽一些，不一定要精确到某一小类。《联律通则》第三章"词性从宽范围"还有形容词与动词相对等更宽的要求。胡静怡先生题靖港芦江苑联，就是形容词"轻"与动词"聚"相对：

无虑一身轻，小住为佳，高枕半江明月；

有缘千里聚，大杯须尽，放歌三叠阳关。

本节知识点：

《联律通则》第二条：词性对品。上下联句法结构中处于相同位置的词，词类属性相同，或符合传统的对仗种类。

《联律通则》第十一条：允许不同词性相对的范围大致包括：

（1）形容词和动词（尤其不及物动词）；

（2）在以名词为中心的偏正词组中充当修饰成分的词；

（3）按句法结构充当状语的词；

（4）同义连用字、反义连用字、方位与数目、数目与颜色、同义与反义、同义与连绵、反义与连绵、副词与连词与介词、连词与介词与助词、连绵字互对等常见对仗形式；

（5）某些成序列（或系列）的事物名目，两种序列（或系列）之间相对，如，自然数列、天干地支系列、五行、十二属相，以及即事为文合符逻辑的临时结构系列等。

练功房：

试着在下联括号里填上与上联对应处词语词性相同的词语。

1. 梁启超10岁那年，有一次随父亲到朋友家做客，刚进大门就被庭院里一株蓓蕾初绽的杏树迷住了，他偷偷地折了一枝，并掩掩遮遮地藏在宽大的袖筒里。

谁知他的这一举动被他父亲和朋友家人看到了。

中午，朋友设宴款待他们父子。宴席上，梁启超的父亲为儿子偷折杏枝的事惴惴不安，一心想不露声色地暗示儿子一番。为了活跃气氛，梁父当众对梁启超说："开宴前，我先出一上联，如果你对得上，而且对得好，方可开杯；否则，你只能为长辈斟（zhēn）酒沏（qī）茶，不准落座。"

小启超不知父亲的用意，毫无思想准备，略显难色，但他转念一想，凭自己的才学，相信不会出丑，于是满口答应。梁父略加思索，念出上联：

袖里笼花，小子暗藏春色；

小启超听后一惊：糟糕！被爸爸知道了。但他略加思索便从从容容对道：

堂前悬镜，大人（　）察秋毫。

众人听后，连声赞道"妙！妙！"

参考答案：明。

2. 古时候，有个孩子名叫甄（zhēn）广才，出身贫苦家庭，祖辈世代务农。小广才从小博览群书。八岁那年到城里参加乡试。

应试的那天，下着毛毛雨，他父亲背着他进考场。

在场的主考官看见，以为是来看热闹的，便叫人将他们父子轰出去。

他父亲解释说：“大人，我是送儿子来应考的。”

主考官朝他们父子扫视一眼，随口说道：

子将父作马，是何体统？

甄广才接口就答：

父望子成龙，理所当然！

主考官一听，暗想，这不是一副工工整整的对联吗？

仔细一看，这孩子眉宇清秀，两眼明澈，从心眼里高兴，于是亲自抱他下地，牵着他进考场。主考官问他：“你会对句吗？”

甄广才两手一合，腰身微微一躬：“大人，请出题。”

这时正值天寒地冻的隆冬，主考官手里抱着一火炉，便说道：

炉捧胸前暖；

甄广才不假思索地随口答道：

风吹背后（　　）。

主考官一听，惊喜不已，觉得站在自己面前的不是一个小小年纪的孩子，而是一个才华横溢的学者，于是又出个上联：

藕入泥中，玉管通地理；

主考官话音刚落，甄广才就对出下联：

荷（　　）水面，朱笔点天文。

经过这样一串的对答，在场的考生目瞪口呆，佩服得五体投地，自叹不如。主考官乐得连声称赞：“真神童也，真神童也！”当场就“封”甄广才为秀才。

参考答案：凉；伸。

4. 调皮借客

老王买了螃蟹，回家才发现家里没醋了，又不想再出去买，就跑到邻居家去借："我们家吃螃蟹，没醋了，麻烦借点醋给我。"回家正吃着。忽然有人敲门，一开门，邻居家三岁的小孩笑眯眯地说："爷爷，我们家吃醋，借点螃蟹给我吧！"

哈哈，这个小可爱真是个调皮的借客！（我们已经不是三岁小孩了哟！我们再这样就不叫"调皮"，叫"不懂事"了。）

老师发现，联精灵也是一名调皮的借客哟。

那天，老师读到一则对联故事：

1938 年，日本鬼子侵犯湖南，长沙告急，要疏散市民。画家饶省三携家眷离城逃难，临走时书一联于门，云：

三楚多难；

一齐少陪！

这联通俗易懂而且有趣，"三楚多难"说明自己离去的原因，"一齐少陪"是先行离去时对其他在场的人说的客套话。饶先生可真客气！但是，"三楚"的"楚"是名词，"一齐"的"齐"是副词，怎么对？

饶省三先生呵呵一笑："齐是个多义词，'楚'和'齐'都是古国名，都是名词，我现在借'齐'的名词意义一用。"

"还有这种操作？"

"这叫'借对'。"

"什么是借对？"

"在对对联的时候，如果词有几种词义，虽然用在对联里的那个意思与对应的词语不对仗，但另一个词义可以与联中对应词语形成对仗，比如杜甫《曲江》诗中的'酒债寻常行处有，人生七十古来稀'。'寻常'一词具有多种含义，一为'平常'，一是古代的长度单位。作者在诗中用的是'寻常'这个意思，但如果你跟他说对仗，他就借'长度单位'这个意思来对，这是'借对'中的'借义'。"

哦，我知道了！他的意思是还有"借音"——

“借音”就是虽然联中某个词语与对应的词语不对仗，但读那个音的另一个字可以与对应词语形成对仗。如兰州河神庙联：

曾经沧海千层浪；

又上黄河一道桥。

“沧海”的“沧”与“黄河”的“黄”本不能对，但与它同音的“苍白”的“苍”可以与“黄”对。

波老师有次和联友雅聚，菜特别下饭，吃了三碗饭，朋友们要碰杯，我酒量小，不太想喝，所以说：“肴佳把饭添三碗，量小无心碰酒樽。”有人说，“三碗”怎么对“酒樽”？我说：“‘三’对‘酒（九）’，都是数词，不是挺好吗？”嘻嘻，波老师也调皮，借“酒”的同音字“九”与数字“三”来对。

除了借同音字的，还有借多音字的另一个音的。如潘锦霞女士自题劬（qú）园联：

自知在世无多日；

谁肯偷闲学少年。

用“少（shào）年”来对“多日”也真是调皮得很，这是借多音字“少”的另一个读音（shǎo）来对，“多”对“少”，“年”对“日”，你能说对得不好？

练功房：

找出下列联中调皮的“借客”在哪里？

1. 厨人具鸡黍；稚子摘杨梅。（唐·孟浩然）

2. 足下何之？桃花万树红迷径；眼前便是，渔父千年白问津。（胡静怡）

3. 不忍惊明月；安心品宋词。（黄波）

参考答案：

1. 调皮借客是“杨”，用同音字“羊”与“鸡”来对。

2. 调皮借客是“白”，本是“没有成就的，没有效果的”意思，这里借“白”字之颜色义以对“红”。

3. 调皮借客是“明”，本来是“明亮”的意思，这里借“明朝”的意思与“宋”来对。

5. 结构对应

由两个及以上部分构成的词语，除了有它的词性，还有它的结构。简单点讲，就是词的一部分与另一部分之间的关系。在对对子的时候，上下联同一位置的词语，除了词性相同，最好还结构对应。

联合结构

又称并列结构，词语各部分之间的关系不分主次，平等地联合在一起。它们就像两个好朋友坐在一起，不分尊卑长幼。联合结构的词语以这三种形式的居多：

由一对反义词组成，如上下、动静、天地、东西、是非。

由一对近义词组成，如优良、光亮、图画、文章、房屋。

由一类事物组成，如笔墨、日月、宫殿、春夏秋冬、柴米油盐酱醋茶、吃喝拉撒等。

聚散总怀忠义；

忙闲不舍《春秋》。（江权度题关公）

“聚散”“忠义”“忙闲”“春秋”都是联合结构。

偏正结构

“我看到一朵云。”

什么云？彩云？白云？乌云？黄云？……

“这儿有一朵花。”

什么花？桃花？梨花？杏花？菊花？……

“她穿了件红衣服。”

什么红？大红？粉红？桃红？梅红？……

这种前面部分是为了修饰、限制后一部分而构成的词语，就是偏正结构。

如“两个黄鹂鸣翠柳；一行白鹭上青天”中的“黄鹂”“翠柳”“白鹭”“青天”，都是偏正结构。“骏马”“秋风”“杏花”“春雨”等，也是偏正结构。

如果我们可以在一个词语的中间加个“的”字，一般就是偏正词语，如“青草”就是“青青的草”；“秋风”就是“秋天的风”。

“他笑了。”

他是怎么笑的？微笑（轻微地笑）？欢笑（快活地笑）？傻笑（无意义地一个劲儿地笑）？狞笑（凶恶地笑）？……

这种形式的，也是偏正结构。“轻移”“高飞”“安睡”等，也都是偏正结构。

漫品茶经思陆羽；

闲听琴语读三毛。（黄波题茶室联）

“漫品”“闲听”“茶经”“琴语”都是偏正结构。

主谓结构

词语各部分之间是陈述和被陈述的关系。前一个部分是被陈述的对象，后一个部分起陈述的作用。一般是“什么在干什么”“什么怎么样”的格式，如“地震”是“地在震动”；“霜降”是“霜降下来”；“胆大”是“胆量比较大”……

池上莲开，潭中月满；

桐间露滴，柳下风来。（谢胜文题宁乡玉潭公园）

“莲开”“月满”“露滴”“风来”都是主谓结构。

动宾结构

词语各部分之间有支配或关涉关系。前一个部分表示某种动作行为，后一个部分表示动作行为所支配、关涉的对象。一般是“动词+名词”的格式，如理事，“理什么”，“理”的是“事”；点睛，“点什么”，“点”的是“睛”；扫地，“扫什么”，“扫”的是“地”……

入阁拿云，摘斗舀来甘露；

登梯揽月，和盘托出秦淮。（周永红题秦淮河甘露阁）

“入阁”“拿云”“摘斗”“登梯”“揽月”“和盘”都是动宾结构。

补充结构

词语各部分之间有补充说明的关系。前一个部分是被补充或被说明的，后一个部分是补充说明前一个语素的。一般是“×（动词）得怎么样”的格式。如“提高”“提得怎么样”“提”“高”了；“压倒”“压得怎么样”“压”“倒”了；“推翻”“推成什么样了”“推”“翻”了……

立定脚跟，放平心态；

拓宽眼界，挺直脊梁。（郑铁峰题长沙枫树山南屏锦源小学体育场门头联）

“立定”“放平”“拓宽”“挺直”都是补充结构。

对对子的时候，结构也要对得上。

迟日江山丽；

春风花草香。

“迟日”和“春风”，偏正结构；“江山”和“花草”是并列结构；“江山丽”和“花草香”，都是主谓结构，对得非常好。

有一次，一个联家忽然想出一个出句：

火车失火，救火车救火车；

这个出句，两个“救火车”的结构可不一样，前边一个是“救火/车”，是“救火的车”的意思，偏正结构；后边一个的结构是“救/火车”，是“拯救火车”的意思，动宾结构。

宁乡的王存之先生很快对出来了：

产妇难产，助产妇助产妇。

对句的两个“助产妇”结构也不一样，前边一个是“助产/妇”，即帮助产妇生产的妇女，偏正结构；后边一个是“助/产妇”，是帮助产妇的意思，动宾结构。

再看这联：

步快步快追马快，马快马快；

第一个“步快”和第一、二个“马快”都是清代衙署中差役的名称。徒步（走路）的称步快，骑马的称马快。所以都是偏正结构。

第二个“步快”是指“步子快”，是主谓结构。合起来表示“步快的

步子 / 快”，还是主谓结构。

后边的“马快马快”也一样，第一个“马快”是偏正结构，第二个“马快”是主谓结构，“马快马快”合起来是“马快的马 /（跑得更）快”还是主谓结构。

所以，“步快步快”“马快马快”看上去像“ABAB”的词语，实际上却是一个偏正结构加一个主谓结构，然后两者合起来还是主谓结构。所以，下联也要这样的词语，而不是“ABAB”词语“体会体会”“雪白雪白”等可以对的。

有人对出的下联是：

书生书生问先生，先生先生。

“书生书生”，和“步快步快”一样的结构，第一个“书生”是指“读书（的）人”，是偏正结构，第二个“书生”是指（对）书中的内容生疏了，是主谓结构，所以结构上对上了。

但是，后边的“先生先生”与上联的“马快马快”在结构上来讲是不太对应的，因为第二个“先生”是“（先生却比书生）先 / 生疏”，是偏正结构。

老师感觉很抱歉，一个这样难的上联，能对成这样子已经非常不容易了，但是为了让大家理解什么是“结构对应”，只好对它“不敬”了。

6. 句内自对

洞庭湖边的岳阳楼上有一副好玩的对联：

吕道人太无聊，八百里洞庭，飞过去，飞过来，一个神仙谁在眼；

范秀才亦多事，数十年光景，甚么先，甚么后，万家忧乐独关心。

这个吕道人，就是“八仙”之一的吕洞宾，马致远曾写过一部杂剧叫《吕洞宾三醉岳阳楼》，而范秀才，自然就是看了一幅《洞庭晚秋图》就写了闻名遐迩的《岳阳楼记》的范仲淹了，“甚么先，甚么后，万家忧乐独关心”自然就是指《岳阳楼记》中的名句“先天下之忧而忧，后天下之乐而乐”了。

对联是好，但是我估计有眼尖的人会奇怪，这副对联里“飞 / 过去”怎么对“甚么 / 先”呢？词性也不对品，结构也不对应，节律也不对拍。

嗯嗯，这就得讲一讲另一个知识了，否则会“冤枉了一副好联”。

除了普通的对仗方式，还有一种特殊的对仗方式——句内自对。

在这副对联里，“飞过去”并不是与“甚么先”来对的，它是与“飞过来”来对的，“甚么先”就是与“甚么后”来对的，上联某处自行对仗，下联对应处也自行对仗，但是上下联间对应处不需要对仗的形式，叫作句内自对，是对联的一种创作方式，而且用得极广，尤其是比较长的对联里边。

清朝名臣，两江总督陶澍（shù），幼时天资聪颖，读书吟诗作对均高出同龄人一筹，乡人便羡慕地对陶澍的父亲说：“你儿子将来必定大有出息，到时可有得福享了。”

陶父哈哈一笑，说：“我不求别的，只要有得红薯、苞谷吃，有得蔸根火烤就心满意足了。”

小小的陶澍在一旁，听在耳里，记在心里，后来就写了这样一副对联：

红薯苞谷蔸根火，这点福老夫享了；

齐家治国平天下，那些事小子为之。

陶爸爸真会享福，吃着红薯、苞谷这种可口又有利健康的食品，烤着树蔸根烧的火，至于齐家治国平天下那些事，让后生小子们去干吧！一个国家幸福的样子就是这样子了，老人家该安享晚年了，年轻人身强力壮，就齐家治国平天下。最了不起的是，十三岁的陶澍，可以把父亲随口说的一句话变成流传至今的对联。

怎么？你发现“红薯”和“齐家”的词性不对品，结构也不对应，“苞谷”和“治国”也是，“蔸根火”和“平天下”也是。

你们真是火眼金睛，真厉害！确实是这样子的。但是，你有没有发现，“红薯”“苞谷”“蔸根火”，它们的词性却是对品的，结构也是对应的，同样，“齐家”“治国”“平天下”，它们的词性也是对品的，结构也是对应的。这样子的对联，还是句内自对。

除了分句可以自对，字词也可以在句内自对。有一些对联，当句内自对之后又上下联相对，如二年级上册语文教材上苏州名园沧浪亭的对联：

清风明月本无价；

近水远山皆有情。

“清风”对“明月”“近水”对“远山”，这样句内自对当然更工整。但“清风”与“近水”“明月”与“远山”，也并不是不能对，它们都是偏正结构的名词。

句内自对，灵活性非常大，“不等字”也能对。

刘凤诰题济南大明湖联：

四面荷花三面柳；

一城山色半城湖。

“四面荷花”与“三面柳”不等字自对；“一城山色”与“半城湖”不等字自对。“四面荷花”与“一城山色”也能对；“三面柳”与“半城湖”也能对。

7. 仄起平收

从前有一户人家，请人写了一副很好的春联：

太平不用敲更鼓；

盛世何须掩闸门。

没想到，除夕夜贴上之后，有人告诉他“贴反了”。

对联贴反，是指对联的上下联贴错位置。贴对联时，应该是上联贴在右边，下联贴在左边。对联是由古代的“桃符”演变来的——在两块深红色的桃木板上分别画上“神荼（shēn shū）”“郁垒（yù lǜ）”两位门神的画像，或写上这两位门神的名字，用来镇邪驱鬼、祈福纳吉。两者的位置是固定的，一旦贴反了，就失去“神力”了，也就没有驱邪的作用了，是很不吉利的事情。虽然后来由贴门神变成了贴对联，但上联在右边、下联在左边的法则一直没变。

那怎么区分上联和下联？一般情况下，仄声收尾的是上联，平声收尾的是下联。

什么是“平声”“仄声”？平仄是对汉字声调的划分。按照现代汉语拼音来说，第一声（阴平）、第二声（阳平）为平声，第三声（上声）、第四声（去声）为仄声。但古时候的音和现在的不同，分为平、上、去、入四声，后来入声字归到现代汉语的四声里去了。所以，现代汉语的平声字里就有不少是古时候的入声字，是属于仄声，比如这副春联里的“闸”。（我们在看古联的时候，不能用现代的声调去判断。如果你觉得哪个字平仄不对，先去查一查、问一问，看这个字在古代属于什么声。自己写联的话，可以按照现代的声调来写。）

这副春联，一句的最后一个字是“鼓”，那这个就是上联，应该贴在右边。另一句的最后一个字是“门”，是平声，是下联，应该贴在左边。

这副对联“贴反了”，就是说把下联“盛世何须掩闸门”贴在了右边，把上联“太平不用敲更鼓”贴在了左边。

贴错了？怎么办？揭下来换过来？可是，贴得太牢，揭下来就会损坏得不成样子，那就更不好了。除夕夜了，又来不及重新请人去写。怎么办呢？真是愁人！

有一位邻居建议说："其实也不难，把'门'字和'鼓'字去掉便可。"

裁掉一个字后，原来被错贴在右边的下联，就变成了"盛世何须掩闸"，刚刚讲了，"闸"字是古入声字，属于仄声，就变成上联了。下联去掉"鼓"字，末尾的字就变成了"更（gēng）"，是平声，就变成了下联，难题就这么解决了。

但是，也有极少数的对联是没有遵循"仄起平收"这个规律的，所以，我们除了用"仄起平收"来判断对联的上下联之外，还要学会从对联的意思来判断对联的上下联。比如岳麓书院的大门联：

惟楚有材；

于斯为盛。

相传，清嘉庆年间，袁名曜（yào）任岳麓书院山长。门人请他撰写一副大门联，袁先生以"惟楚有材"要学生对。大家还在思考，明经（贡生的尊称）张中阶到了。大家告诉他这件事，张中阶应声对道："于斯为盛"。这幅名联就这么诞生了。

上联"惟楚有材"，出自《左传》。原句是："虽楚有材，晋实用之。"下联"于斯为盛"出自《论语·泰伯》"唐虞之际，于斯为盛"，本为孔子盛赞周武王时期人才鼎盛局面。特别要强调的是："惟"是语气助词，没有意义，这句话不是"唯有楚地有人才"的意思。

全联的意思大概是：楚国真是出人才的地方啊，岳麓书院更是英才齐聚之所。在这里肯定只能先说"楚有材"，然后再说"斯为盛"，就只能"平起仄收"了。

不过，有一个流传不太广的版本解释这联的"平起仄收"似乎更合乎情理：山长袁名曜想到了一集句的上联："惟楚有才，于斯为盛"，可是怎么也对不出下联，问了很多人，也对不出来。最后，干脆把上联一分为二，挂在了大门两边，他也考虑到"仄起平收"的问题，可是，说话也得有个先后顺序，总不能先说"岳麓书院的人才多么繁盛啊"，再说"楚地真是多人才啊"，那样不就变成了因为岳麓书院人才多而说"楚有才"，那才是大大的不谦虚啊，而且也是不符合事实的，所以，这个顺序不能乱。于是就诞生了这一"平起仄收"的特殊对联。

当事人早已不能说话，历史上的事谁说得那么清楚？我们只管欣赏这“对联宝宝”就好，至于它是“顺产”还是“难产”，管他呢！

1913 年，伟大的民主革命先行者宋教仁先生，被袁世凯派人刺杀亡于上海。噩耗传出，群情鼎沸。黄兴先生抑不住满腔悲愤，秉笔怒斥窃国大盗：

前年杀吴禄贞，去年杀张振武，今年又杀宋教仁；

你说是应桂馨，他说是洪述祖，我说确是袁世凯。

该联句尾也是上平下仄，是因为上联是按三位烈士被害时间顺序排列的，无法更动，总不能因为格律而改变事实。

所以，对联一般是“仄起平收”，“平起仄收”只是极少的特例。

对联就像鞋子，也分左右。鞋子穿反，换过来就是。但两只都是左脚的鞋子就不能称为一双鞋子。同样，“乱脚”的两行文字也不能称之为对联，“乱脚”是指“同平同仄”，就是“两句话最后一个字都是平声或都是仄声。”

如网上这副所谓的“春联”，“两句话”都是平声收尾，乱脚：“冬去春来万象新；大地流金万事通。”（这“联”还有很多其他毛病。）

练功房：

1. 图 1 里的联贴对了吗？贴对了打“√”，贴反了打“×”。

图 1:　（　）

图 2:　（　）

2. 图 2 中联尾的平仄符合要求吗？符合的打“√”，不符合的打“×”。

参考答案：

1.（ × ）仄声“顺”收尾的上联被贴在了左边，平声“来”收尾的下联被贴到了右边，贴反了。

2.（ × ）联尾分别是“开”“来”，同为平声，乱脚！

8. 平仄交替

平仄交替，是指对于上联或下联自身而言，两个相邻的节奏点的平仄要交替使用，以此形成抑扬顿挫的韵律效果。就如音乐有“哆来咪发嗦啦西”等高低不同的音高，每首曲子中都会有不同的音符交错使用，才形成优美的旋律，你见过哪首歌一个“哆”音“哆”到底啊？有人说：“生活就像心电图，一帆风顺就说明你挂了。”对联、歌曲、诗词这些具有声音美的文字，也像心电图一样，高低起伏的才有活力。

这个节奏点，可以是“二字而节”，两个字两个字一组，也就是对联二、四、六、八字处的平仄应该是交替的：第二字是平声，第四字就是仄声，第六字就是平声，第八字就是仄声，这样“〇平〇仄〇平〇仄”交替着来，就有一种抑扬顿挫的声音美，像唱歌一样。但它又不是个个字都规定了平仄，有些位置就没有平仄要求，所以有“一三（五）不论，二四（六）分明”的口诀，意思就是第一个字、第三个字（第五个字）的平仄可以不论（五言联的第五个字就是最后一个字，所以得按要求来，“一三五不论”是对五个字以上的联说的），但第二个字、第四个字（第六个字）的平仄要分明，不能乱来。

五言联的平仄一般有这两种：

仄仄平平仄；

平平仄仄平。

或：

平平平仄仄；

仄仄仄平平。

上联的第二个字是仄声，第四个字则是平声，下联第二个字是平声，第四个字则是仄声。

我们来检查检查这副联：

海阔凭鱼跃；

天高任鸟飞。

上联第二字“阔”，仄声，第四字“鱼”，平声，平仄交替。

下联第二字“高”，平声，第四字“鸟”，仄声，平仄交替。

六言联的平仄一般是这样的：

仄仄平平仄仄；

平平仄仄平平。

上联第二字仄声，第四字则是平声，第六字又是仄声，平仄交替。

下联第二字平声，第四字则是仄声，第六字又是平声，平仄交替。

我们来检查检查这副联：

非显非藏姓氏；

半耕半读人家。

上联第二字“显”，仄声，第四字“藏”，平声，第六字“氏”，仄声，平仄交替。

下联第二字“耕”，平声，第四字“读”，古入声字，仄声，第六字“家”，平声，平仄交替。

七言联的平仄一般是这样的：

平平仄仄平平仄；

仄仄平平仄仄平。

如：

传家有道惟存厚；

处事无奇但率真。（清代曾国荃家风联）

或者是这样的：

仄仄平平平仄仄；

平平仄仄仄平平。

如：

苟利国家生死以；

岂因祸福避趋之。（清代林则徐《赴戍登程口占示家人》诗中联）

（如果对国家有利，我将不顾生死。难道能因为有祸就躲避、有福就上前迎受吗？）

这次你们自己去检查。

这样子两个一组两个一组，一平一仄交替进行，就像是波浪的一起一伏，有声音的美感，而不是像个冲天炮一样，一直往上窜就不下来了，也不会像瀑布一样，掉下悬崖再也不上来。

那我们来检查检查这副联平仄交替做得怎么样：

四蹄碧玉片；

双眼黄金瞳。

上联第二字“蹄”，平声，第四字“玉”，仄声，平仄交替，不错。

下联第二字“眼”，仄声，第四字“金”，平声，平仄交替，不错。

那是不是这联的平仄就没毛病了呢？

《联律通则》第十条明确规定：“仄收句尽量避免尾三仄；平收句忌尾三平。”

为什么不能“尾三仄”“尾三平”呢？应该是平仄交替太少，读起来缺乏音调变化，不能体现对联的“音韵美”，尤其是在对联收尾的时候，要收得好听，“娓娓（尾尾）动听”嘛！

我们再看看这联，“碧玉片”三个字都是仄声，这就叫“尾三仄”。同理，对联下联末尾三个字皆为平声叫“尾三平”，“黄金瞳”三个字都是平声，所以，这联还是尾三平。这种情况是要尽量避免的。

幸好这一联不是单独作为对联而存在的，它是沈佺期的《骢马》诗中的句子，要求没有单独的对联这么严格。而且，唐朝还是对联发展不太成熟的时期，我们可以放宽要求。这就像我们小时候学走路一样，稍微有点儿“不稳”也是可以理解的。

有些记性好的同学会问了，那前边的“一生到老，全靠老子”“若问前程，离武冈还有十里”不都是尾三仄吗？是的，确实是三仄尾。但是，《联律通则》第二十条规定：“巧对、趣对、借对（或借音或借义）、摘句对、集句对等允许不受典型对式的严格限制。”这些对联就是趣对，可以从宽。而且，这些对联是已故的老前辈写的，我们又不能跟他们去商量修改一下，只好尽量尊重原作了。但若是我们自己写对联，就尽量不要“明知故犯”噢！

这个节奏点，还可以以词组为单位，我们汉语里有单个字成为词的，也有两个字、三个字、四个字甚至更多字为一个词组的，如“巧克力”“共产主义”“哀的美敦书”“阿尔茨海默氏症”等。

如下面这联，就只宜用以词组为节奏点的方法来处理“平仄交替”的问题：

与有肝胆人共事；

从无字句处读书。（周恩来自题联）

如果按照两字一组的方法，则上联“有”“胆”和“共”都是仄声，失替。但是，如果将“有肝胆人”和“无字句处”看成一个整体，则上下联节奏点平仄分别是“仄平仄”和“平仄平”，就没有失替了。

与 / 有肝胆人 / 共事；

从 / 无字句处 / 读书。

还有前边那个“朕为摘星手”和“臣是探花郎”的联，如果按两字一组，则第四字“星”和“花”都是平声，但如果把“摘星手”和“探花郎”作为一个整体来看，就没问题了。

如果我们把每两个字或一个词看成挪一步，那就像我们走路一样，左脚走一步，右脚走一步，左脚走一步，右脚走一步，左右左右，或者右脚走一步，左脚走一步，右脚再走一步，左脚再走一步，而不是左脚走一步，接下来左脚又走一步，或者右脚走一步，右脚又走一步……你走走试试看，那是什么感觉？能不能走得远？然后把平声当成左脚，仄声当成右脚，就知道对联的平仄为什么要交替了。

练功房：

判断，下边的联做到平仄交替的打“√”，没有做到平仄交替的打“×”。

1. 生意年年好；
   财运步步高。　　　　（　）
2. 堂前阳光满地；
   屋内和美如春。　　　（　）
3. 人澹如菊；
   品逸于梅。　　　　　（　）

参考答案：

1.（×）下联第二字“运”和第四字“步”都是仄声，失替。

2.（×）上联第二字“前”和第四字“光”都是平声，失替；下联第二

字“内”和第四字“美”都是仄声，失替。

3.（×）这是高燮题赠挚友郑逸梅先生的联，意境很美。只是第二字“澹（dàn）”是仄声，第四字“菊”是入声字，也是仄声，失替。

9. 平仄相对

除了“仄起平收”和“平仄交替”，对联中间文字的平仄也是有讲究的（详见附录4）。上下联对应位置，尤其是节奏点，要平仄相对。也就是说，上联这个位置的字是个平声字，下联这个位置的字就必须是个仄声字。字数多的也没有严格到字字要平仄相对，而是遵循“一三（五）不论，二四（六）分明”的原则，意思是说，第一字、第三字（第五字）的平仄可以不拘，第二字、第四字（第六字）的平仄必须分明。

忠厚传家久；

诗书继世长。

“一三”不论（因为这里的第五个字是最后一个字，最后一个字的平仄不能不论），那么，上联第二个字是“厚”，仄声，那么下联的第二个字就必须是平声，我们来看看下联第二个字“书”，嗯，是平声，这就对了。我们再来看看上联第四个字“家”，平声，那么下联第四个字应该是仄声，我们来看看，“世”，仄声，这样就“平仄相对”了。

立脚莫从流俗走；

置身宜与古人争。（张大千）

上联第二字是“脚”，仄声，下联第二字应该是平声，“身”，嗯，平仄相对。

上联第四字是“从”，平声，下联第四字应该是仄声，“与”，嗯，平仄相对。

上联第六字“俗”，入声字，仄声，下联第六字应该是平声，“人”，嗯，平仄相对。

学会了这个，我们才能判断对联“专业不专业”。很多人应该都看过苏东坡“识遍天下字，读尽人间书”的故事：

少年苏东坡在一片赞扬声中，不免有些飘飘然起来。一天，他洋洋自得地取过笔墨和纸，挥毫写下了这副对联：

识遍天下字；

读尽人间书。

过了两天，一位老翁手持一本书，来苏府面见小东坡，言讲自己才疏学浅，特来向小苏公子求教。苏东坡满不在乎地接过书本，翻开一看，那上面的字他竟一个都不认识，顿时红了脸。老翁见状，不露声色地向前挪了几步，恭恭敬敬地说道：“请赐教。”一句话激得小东坡的脸红一阵白一阵，心里很不是滋味。无奈，他只得鼓足勇气，如实告诉老翁他不认识这些字。这个老翁听了哈哈大笑，捋着白胡子道：“苏公子，你不是‘识遍天下字，读尽人间书’了吗？怎么会不识此书之字？”言罢，拿过书本，扭头便走。

苏东坡望着老翁的背影，思前想后，甚是惭愧。他终于从老翁的话中悟出了真谛，立即提笔来到门前，在那副对联的上下联前各加了两个字，使对联变成为：

发奋识遍天下字；

立志读尽人间书。

从此，他手不释卷，朝夕攻读，虚心求教，文学造诣日深，终于成为北宋文学界和书画界的佼佼者，博得了“唐宋八大家”之一的盛誉。

这个故事告诉我们不要骄傲自满。可是，波老师和联精灵熟悉之后，就怀疑起这个故事的真实性来。

首先，修改前的上联“遍”“下”就失替了，修改后不仅上联“奋”“遍”“下”失替，下联的“志”“尽”也失替了。

而且，根据对联节奏点上平仄相对的要求，五言联，一、三不管，第四字处“下”和“间”平仄相对了，但第二字处是“遍”和“尽”都是仄声，没有做到平仄相对。

变成七言联后，第二字处的“奋”和“志”又都是仄声，没有做到平仄相对。

而且，“人间书”三个字还是“尾三平”。

苏轼乃一大文豪，他诗句中的对子从来没犯过这样的低级错误，“水光潋滟晴方好，山色空蒙雨亦奇”“荷尽已无擎雨盖，菊残犹有傲霜枝”……多好！所以，波老师认为这故事可能是不懂对联的人凭空捏造出来想劝人家虚心学习的，如果是这样，我们可以从中领悟要虚心学习的道理，但是不要学习这样乱给历史人物编故事的行为噢！

有时候，联家写的平仄没错，书法家搞不懂，也是让人伤脑筋的。望城靖港李靖祠内有个戏台，曾有联曰：

溯湘水南来，百里河山，仗此楼台锁住；

唱大江东去，九天烟雾，好凭弦管吹开。

靖港古镇兴建之初，新修戏台，请当代某书法家重书此联悬刻，也不知是不懂呢还是笔误，将“弦管”写成了“管弦”，平仄就对不上了，上联对应位置是“台”，平声，下联对应位置本来是“管”，仄声，平仄相对，挺好，这一改成“管弦”，“弦”字也是平声，就不是“平仄相对”了（连语意也不通了。“弦管”一词，重点落在“管”字上，“弦”仅作陪衬而已，所以是可以吹的。但变成“管弦”，因为弦不能吹，所以连语意都说不通了）。

练功房：

判断下面的“两行字”有没有“失对”的地方？

1. 身无半亩，心忧天下；读破万卷， 神交古人。

2. 求通民情；愿闻己过。

参考答案：

1. 这是左宗棠先生的自题联。也许正是有人发现第一分句句脚的“亩”和“卷”失对的缘故，有些地方写的这联的上联第一分句变成了“身无半文”。

2. 这是王守仁先生写在两块木牌上的话。王守仁每调到一个新的地方上任，都要让人扛两块高脚牌作为行队的前导，木牌上写的就是这八个字，他自己并没有说这是对联。按照对联的标准要求的话，就算是把它看成上联平声收尾、下联仄声收尾的特例，第二字“通”和“闻”都是平声字，也有“失对”的瑕疵。

10. 你拗我救

我们玩游戏的时候，是不是有这种规则：一个伙伴“死”了，其他伙伴可以把他“救”活？对联小精灵也玩这样的游戏。有些小精灵，在某个地方可能实在是没有办法了，不能“按规矩出牌”，该平声处用了仄声，或者该仄声处用了平声，让对联的音韵美有点小小的瑕疵，“拗”起来了，但是，它还是个知错就改的小精灵，它就请小伙伴把它“救”出来。

对联中平仄不依常格的句子，叫作拗句。出现了拗句，采取一定的方式补救，称为“拗救”。拗救的方法，一般有本句自救和对句相救两种。学会了这个，我们才不会“冤枉一副好联”，我们有必要了解一下，不然，就会把一副好联当病联，贻笑大方。

本句自救

①在五言“平平仄仄平”、七言“仄仄平平仄仄平”中，五言第一字、七言第三字必须用平声，否则就是“犯孤平（写诗时除韵字外只有一个平声字，有人觉得对联也不能这样，不能除了末尾的平声字外只有一个平声字）”。

如果发现犯孤平了，我们可以找个表达同一个意思的平声词语代替，就不会犯孤平了。但是，有时候偏偏就没有一个那样的词语，这种情况下，“没按规矩出牌”的五言第一字、七言第三字，就对五言的第三字、七言第五字说：“救救我吧！我本该用平声却用了仄声，那你本该用仄声的就用个平声算了好不好？”五言第三字、七言第五字也是为朋友两肋插刀的好伙伴，就说：“好啊！”

平平仄仄平　　　仄仄平平仄仄平
仄　平　　　　　　　仄　平

②在五言“平平平仄仄”与七言“仄仄平平平仄仄”的句式中，五言句的第四字与七言句的第六字本当用仄而用了平声，那么，就必须将本句

的第三字（五言）或第五字（七言）的平声改为仄声字，写成“平平仄平仄”或“仄仄平平仄平仄”。这种拗句，宋人很喜欢用，形成一种习惯性的特殊拗句。

例如杜甫《秋兴八首》“西望瑶池降王母，东来紫气满函关”，上句的第六字用了平声的“王”字，便在第五字处用了仄声的“降”字，这样便“救”回来了。

平平平仄仄　　　　仄仄平平平仄仄

　　仄平　　　　　　　　仄平

这种情况，因为是通过本句调整平仄用字来使平仄字的比例恢复正常，叫“本句自救”。

对句相救

①小拗。

小拗是指五言“仄仄平平仄”或七言“平平仄仄平平仄”的倒数第三个字（五言第三字、七言第五字）该平的位置用了仄声。

这种拗句可救可不救，也不看成是出律。

当然，从音律和谐的角度看，能救还是要救。

映阶碧草自春色；

隔叶黄鹂空好音。

“映阶碧草自春色”，本是“（平）平仄仄平平仄”的格式，但是，这里本该用平声处的“自”却是仄声，于是，它开始“呼救”。

对句的第五字助人为乐，马上说：“那我就派个平声字‘空’来救你吧！”

②大拗。

在五言“仄仄平平仄”和七言“平平仄仄平平仄”的句型中，如果倒数第二字（五言第四字、七言第六字）用了仄声，称为“大拗”。

大拗是必须要进行补救的，而且只能是对句相救。

野火烧不尽；

春风吹又生。（白居易）

“不”字大拗，对句“吹”字救。

③一平救五仄。

那天，波老师备课的时候，发现杜牧《江南春绝句》中的“南朝四百八十寺，多少楼台烟雨中”与我学过的格律知识都对不上号，怎么上句连用“四百八十寺”五个仄声（“十”是入声字，也是仄声）？就赶紧请教师父。

然后，我才知道格律诗中还有“一平救五仄”这个法宝，“南朝四百八十寺，多少楼台烟雨中”就是用一个平声字“烟”救了上边的“五仄”。

什么是“一平救五仄”呢？

上句如果为“仄仄仄仄仄（包括仄仄平仄仄、平仄仄仄仄）”或“平平仄仄仄仄仄”，其下句便应为“仄仄平平平仄平”。

也就是说，如果上句为“五仄”拗句，则应改下句“平平仄仄平”的第三字或“（仄）仄平平仄仄平”的第五字为平声以补救。

所以，“（仄）仄平平仄仄平”的第五字处本该用仄声的用了个平声字“烟”，这个“烟”可了不起，救了前边的“五仄”。

这种规则也常常被用到对联创作中，如：

掬水月在手；

弄花香满衣。（刘墉）

“在”字大拗，对句“香”字救。

④一石双鸟。

了不起的可不止“一平救五仄”的平声字，还有些平声字，凭一己之力，可以救出句的小拗，也可以救出句的大拗，还可以救本句的孤平。

持家但有四壁立；

治病不蕲（qí）三折肱（gōng）。

此联是黄庭坚《寄黄几复》的颈联。蕲，古同“祈”，祈求。肱，上臂。“三折肱”出于《左传·定公十三年》的“三折肱知为良医”，原意是一个人如果三次跌断胳膊，就可以断定他是个好医生，因为他必然积累了丰富的治疗和护理经验。此联意思是你支撑生计也只有四堵空墙，艰难至此。古人三折肱后便成良医，我却但愿你不要如此（折肱）。

上联第五字本该用平声，用了仄声“四”，形成小拗；上联第六字本该用平声，却用了仄声“壁”，形成大拗；下联除了末尾的平声字“肱”只有“蕲”这个平声字，犯孤平。而这三个问题，都由对句第五字的平声字“三”来拯救。这个“三”可真是能力非凡啊！

11. 脚步动听

如果上下联都有几个分句，每个分句的最后一个字又叫句脚，这个句脚的平仄也是要遵循一定的规则的。小精灵的“脚步声”都是很动听的。

常见的长联句脚平仄规则有这几种：

马蹄法则：

抗战时期李应达题铜官学校联：

铜可制器，铁可成钢，尔诸生努力攻书，天下英雄非有种；

官不爱钱，民不怕死，我同志精忠报国，穴中蝼蚁岂能逃。

马是这么行走的：开始起步时，如果是右前足先向前开步，对角线的左足就会跟着向前走；接着是左前足向前走，再就是右后足跟着向前走，这样就完成一个循环。

也就是说，每一次四蹄走完分两个部分，第一部分是“右（前）左（后）”同时迈，第二部分是“左（前）右（后）”同时迈，四步迈完的顺序为“右左左右”。如果以左为平，右为仄，则四蹄走完一个循环为“仄平平仄”。

如果先迈左脚，一个循环就是“平仄仄平”。

我们看看刚才的对联：上联句脚平仄依次是“仄平平仄”；下联句脚平仄依次是“平仄仄平”，和马行走时马蹄运动的规则一样，所以，这种句脚平仄安排方式叫马蹄规则。

但是，对联上联分句的句数不会都是四个，那也没关系，马蹄法则就如一盒盒排列顺序为“仄平平仄”的饼干，想吃一个就从最后边拿一个（仄），想吃两个就从最后边拿两个（平仄），想吃三个就按顺序吃三个（平平仄），想吃四个，这盒就吃完了（仄平平仄）。

如果还想吃，就再开一盒，如果吃两盒又太多，你只想吃五个、六个、七个，那就又按顺序从后边拿就是。

至于下联句脚的平仄，按照“平仄相对”的原则就是了。

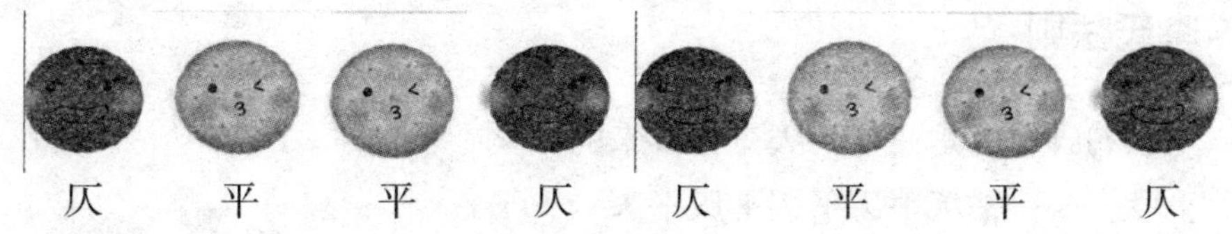

单边有两个分句的句脚平仄是“平仄；仄平”。

读古人书，求修身道；

友天下士，谋救时方。（魏源题故居厅柱联）

单边有三个分句的句脚平仄是“平平仄；仄仄平”。

我来万绿丛中，看泉谧石幽，访寻仙迹；

人在众香国里，对茶烟花雨，洗涤诗心。（金锐《宁馨园》）

那若是有四个分句以上呢？如果是八句，那就再来一遍，句脚平仄是“仄平平仄仄平平仄”。大家这么聪明，以此类推即可，不再举例。

朱氏法则：

上联除了尾句为仄声收尾，前边所有分句句脚都是平声。这个法则，人们俗称为“九平一仄”。

也就是：

上联：……平平平平平平平平平仄；

下联：……仄仄仄仄仄仄仄仄仄平。

联家袁少枚，自己建了一个小园，叫半闲园。掐指一算，应是有不少人会问“为什么叫半闲园”，于是，拜托联精灵将答案公布在门边，句脚平仄就用的是朱氏法则：

半市半乡，半读半耕，半士半医，世界本少全才，故名曰半；

闲吟闲咏，闲弹闲唱，闲斟闲酌，人间尽多忙客，而我独闲。

上联前边分句句脚“乡”“耕”“医”“才”全是平声，仄声“半”收尾。

下联前边分句句脚“咏”“唱”“酌”“客”全是仄声，平声“闲”收尾。

李氏法则：

上联句脚平仄是一平一仄交替着来的。

上联：……平仄平仄平仄平仄平仄。

下联：……仄平仄平仄平仄平仄平。

下边这个单边四句的就用的是李氏法则：

良相亦良医，医病、医人、医国；

事君须事慎，慎言、慎独、慎思。（郑铁峰《观影〈万历首辅张居正〉》）

我们来看看明代文学家陈继儒先生这联：

净几明窗，一轴画，一囊琴，一台砚，一瓯茶，一炉香，一部法帖；

小园幽径，几丛花，几群鸟，几区亭，几拳石，几池水，几片闲云。

句脚平仄依次是：

上联：平、仄、平、仄、平、平、仄；

下联：仄、平、仄、平、仄、仄、平。（“石”为入声字）

仔细观察的同学，或许觉得这联的句脚平仄规律像是综合了马蹄法则和李氏法则。嗯，应该是这样的。所以，有时候，因为表达的需要，只要还有一定的规律，不弄得乱七八糟，我们综合几个法则来安排句脚平仄也是可以的。

12.“虫儿”飞飞

那天，胡静怡先生写了一联赠李跃龙先生：

分明是个官员，却不见半分官气；

本色依然学者，实秉承千古学风。

石印文老师见了说：“联十分好，二分不好。”

胡静怡先生开始莫名其妙，后来才恍然大悟，原来，这联的上联有两个“分”字，但是下联的相同位置却没有使用重复的字，就属于不规则“重字”——有些调皮的联家喜欢称其为“虫子”，是犯忌的，所以石印文先生说“二‘分’不好”。于是，胡静怡先生将后边的“半分”改为“一丝”，联就没毛病了：

分明是个官员，却不见一丝官气；

本色依然学者，实秉承千古学风。

宋神宗年间，辽国派遣使者来中原，翰林学士苏东坡奉命招待。辽国使者出一联：

三光日月星；

要苏东坡来对。

辽使者认为，这下一定难倒了苏东坡。因为，联语中的数量词，一定要用数量词来对。上联用了个“三”字，下联就不应重复，而“三光”对应之下的“日月星”只有三个字，那么，无论你用哪个数目来对，下面跟着的字数，不是多于三，就是少于三。而如果也用“三”，就“重字”了。

谁知，苏东坡略一思索，就对出下联：

四诗风雅颂。

妙在“四诗”只有“风、雅、颂”三个名称。原来《诗经》中“雅”这一部分，又可分为“大雅”和“小雅”。

辽使说：“我还以为是绝对呢，不想让你轻易对上了。”

后来，苏东坡还对了：

一阵风雷雨；

四德元亨利。

辽使问："《周易》里'乾'卦里的四德应该是'元、亨、利、贞'啊，怎么漏了一字？"

苏东坡答："最后一字是先皇圣讳，臣不能随口念出。"古时候的人，说话或行文时遇到帝王、长官、圣贤、长辈的名字时是要避讳的，不能直呼其名，而"先皇"名叫赵祯，"祯"与"贞"同音，属于"圣讳"，所以不能说，也巧妙地解决了这个问题。

有人也许要问，那前面那副"吃老子的饭"不是很多"虫子"吗？嗯嗯，你们的记性真好。是的，这上联确实有很多"虫子"，但是，如果一副对联的上联有很多"虫子"，下联对应的地方也有"虫子"，那这种"虫子"就是有规则的"虫子"，是"益虫"。

我们再来看看这联：

雾里明珠云里燕；

风中浪子雨中仙。（顾鉴《言志》）

上联有两个"里"，下联对应位置有两个"中"，这就是守规矩的"虫子"，我们批准它进入对联里边。

还有一种情况，如故宫养心殿雍正御笔书写的一联：

惟以一人治天下；

岂为天下奉一人。

我们会发现，上联里边并没有"虫子"，但是到了下联这儿，下联居然抄了上联四个字的"作业"，只是位置换了一下，简直太过分了！这撰联的张蕴古也太懒了吧？

其实啊，这种复字，是两个字（或词）商量好了的：

"到了下联，我们互换位置好不好？"

"好！"

于是，它们就快快乐乐地互换位置了。这样"你情我愿"互相换座的"虫子"，联精灵也是表示欢迎的。

重两个字还不行，那如果上下联一模一样呢？答案是，如果你说得出道理的话，也可以的哟！

明朝书画家徐渭晚年撰写了一副奇特的对联。

好（hǎo）读书，不好（hào）读书；

好（hào）读书，不好（hǎo）读书。

上联说，少年时期正是读书好时光，可惜不知读书的重要；下联说，年纪大了，懂得读书的重要，可是力不从心，已经不能好好读书了。劝子孙们珍惜时间，趁早好好读书，做一个知书达理的人。

更牛的还有一个卖黄豆芽人家的对联：

长长长长长长长；

长长长长长长长。

横批也是“长长长长”。

有很多地方都说应该这样读：

cháng zhǎng/cháng zhǎng/cháng cháng/zhǎng;

zhǎng cháng/zhǎng cháng/zhǎng zhǎng/cháng。

但是这样一读，不就变成“平仄平仄平平仄；仄平仄平仄仄平”，失替了？

按照正确的格律读，就应该这样：

cháng cháng/zhǎng zhǎng/cháng cháng/zhǎng;

Zhǎng zhǎng/cháng cháng/zhǎng zhǎng/cháng。

横批怎么读？大家意见倒是一致：

Cháng zhǎng zhǎng cháng。

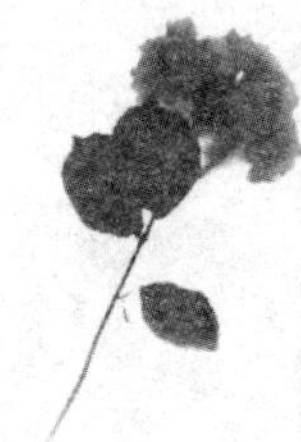

还有，两种“益虫”一起出来玩的：

本无月缺月圆，它随顺你；

虽有花开花落，你任由它。

上联第一分句第三字和第五字都是“月”字，下联第一分句第三字和第五字都是“花”字，这是一种重字方法。

上联后一分句有“它”和“你”，下联后一分句里的“它”和“你”又换了位置，这又是一种重字方法。

练功房：

判断下边的“两行字”，你觉得是规则重字的打“√”，不规则重字的打“×”。

1. 春风入喜财入户；

岁月更新福满门。　　　（　）

2. 门生天子；

天子门生。　　　（　）

3. 花果山福地；

水帘洞洞天。　　　（　）

4. 羡蝶羡鱼，悟些许道；

乐山乐水，守几分真。　　（　）

参考答案：

1.（ × ）这是 2018 年春晚小品《回家》背景中的联。上联第三字和第六字都是“入”字，而下联第三字和第六字却没有重复，属于不规则重字，是“害虫”。

2.（ √ ）它是清代名臣孙家鼐为自家亲书的门联。上联“门生天子”，因为孙家鼐是同治皇帝和光绪皇帝的老师。下联口气急转直下，“天子门生”，作者为咸丰九年状元，曾经上殿面试，故有此说。再者，哪个为臣下的，敢说皇帝不是他的老师呢？

3.（ × ）这是《西游记》第一回中的内容，有张试卷上的题目是“请写出花果山水帘洞洞口的对联”，而原著中并没有说这是对联，只说“碣上有一行楷书大字，镌着‘花果山福地，水帘洞洞天’”。所以，出题者把这两句话称为对联是不合适的。书中也只说“一行楷书大字”，没有说是对联。如果硬要说是对联，那“下联”的两个“洞”就属于不规则重字了。

4.（ √ ）这是郑铁峰先生的联，上联有第一分句第一字、第三字都是“羡”，下联第一分句第一字、第三字都是“乐”，有规律，这个可以有。

13. 吉祥如“意”

有一对聋哑人结婚，下面四副联你会选哪一副：

①高唱入云，此曲只应天上有；

真情毕露，斯人莫道世间无。

②海阔天空欣比翼；

月圆花好共知心。

③四处鸳鸯多喜气；

一双聋哑少纠纷。

④含笑不言，但凭手语传心语；

达情宜静，应是无声胜有声。（祝钦坡）

聪明的同学，应该知道是第④副最好。

第①副是副好联，但它不是婚联，没错，它是南岳高真寺戏台联，老师把它拿过来出题用的。对联再好，但是不符合需要，这叫不切题，不行。

第②副、第③副和第④副都切题了，是婚联，但为什么第④副最好呢？

我们先来看这个故事：

有个国王，一只眼睛瞎了，一条腿瘸了，请三个画师给他画像。第一个，画了个不瞎不瘸威武无比的人，国王不喜欢；第二个画了又瞎又瘸的国王，国王也不喜欢；第三个画家是这样画的：国王一条腿站地上，一条腿蹬在一个树墩上，睁一只眼，闭一只眼，正在引弓瞄准。国王赏他千两黄金。

这四副联，第①副联，完全文不对题，简直是国王要他画像，他却画一棵树，肯定不行。第②副联像第一个画家的画，挺好，但只是画了个人，看不出是国王，那就不是国王的画像了，不行。第③副是切题了，但“聋哑”两字刺眼，“活到八十八，莫笑人家瘸和瞎”，直说人家的身体缺陷是很不善良的行为，像第二个画家的画，切题切得不艺术。第④副联像第三个画家的画，既切了题，又看着舒服，可以“赏千两黄金”。

如符乃若先生题印刷厂的春联：

刷去一穷二白；

印成万紫千红。

“印”“刷”二字，自是切印刷厂之地，这应该毋庸置疑。谁拿去挂在煤矿里，就会贻笑大方。但或许有人要问：这春联的“春”在哪里？是不是不够切题？——春在哪里？朱熹的“等闲识得东风面，万紫千红总是春”，谁个不知，哪个不晓？“万紫千红”一出，“春”不就来了吗？这个切题方式可比直接说“春”雅致多了。

如罗冈先生题邮政局一联：

塞北江南，不畏云山迢递；

传情问讯，且看鱼雁频繁。

邮政，是由国家管理或直接经营寄递各类邮件（信件或物品）的事，“传情问讯”，是他们的职责，而要履行这个职责，得“塞北江南”到处跑，自是非常切题。“不畏云山迢递”，写邮政工作人员的尽职尽责，既然选择了这条路就不会怕路远。至于“鱼雁”，是指书信。因为传说古代剖鲤鱼时，看见鱼肚里有书信，“客从远方来，遗我双鲤鱼。呼儿烹鲤鱼，中有尺素书。”后来人们便把书信叫作鱼书。而鸿雁是候鸟，往返有期，故人们想象雁能传递音讯。《汉书·苏武传》中，匈奴单于欺骗汉使，称苏武已死，而汉使者故意说天子打猎时射下一只北方飞来的鸿雁，脚上拴着帛书，是苏武写的。单于只好放了苏武。“鸿雁传书”一时传为美谈。

湖南省文史研究馆馆员、湖南人民出版社前社长熊治祁先生，作为知识青年下过江永，当过农民，回城进工厂做过工，在羊春秋教授门下读过研，当过出版社社长，退休后任《湖湘文库》编委副主任和《文史拾遗》副主编，个人出版过诗集。他七十岁时，想有一副与众不同的寿联。胡静怡先生写道：

下乡、种地、进厂、读研，集农工学于一身，风华独擅；

治社、著书、吟诗、耽史，立功德言而七秩，福寿双臻。

熊先生看到这样切题又新颖的寿联，一定比看到那“福如东海长流水；寿比南山不老松”的“万金油联”高兴多了。

新冠肺炎袭击武汉时，全国人民为武汉加油，吴文博先生捐赠了一批价值30万的口罩、消毒液等。捐赠仪式很简单，但是在选择赠言的时候，他却费了不少心思，邀请了一些联家写了一些非常不错的对联贴在捐赠物资的箱子上，其中河南联家莫非写的一联我觉得特别“切”：

信有春风通国祚；

愿从滴水济时艰。

“国祚”是“国运”的意思，上联写战胜疫情的信心，这个特殊的时候，肯定不能说国运如何如何昌隆。但是，“冬天既然来了，难道春天还会远吗？”所以，“信有春风通国祚”，才切当时的情况。下联“时艰”指“当前的艰难困苦”，也很切，因为这艰难总会过去的。“滴水”一词也是很切的，因为这次疫情需要数以亿计的财力才能解决，30万当然只能算“滴水”。但聚沙成塔，积水成渊，大家都“愿”“滴水”，“时艰”就肯定会过去的。

然而，天下同类的事物何其多也，一个个都写出其特色还真不是件容易的事，所以联家们又想出另一种切题的方法，那就是嵌字，就如你们分不清哪件是自己的校服，所以干脆在衣服上某个地方写上名字一样。

比如下边这副联：

拱极楼中，五六月间无暑气；

潇湘江上，二三更里有渔歌。

长沙橘子洲拱极楼这副联，如果没有“拱极楼”三个字，或许也能挂在湘江边上别的什么地方，但有了这三个字，就只能挂在拱极楼了。

嵌字联有很多种类（详见附录5），有些联家很喜欢玩嵌名联。不过，嵌长者、亡者的名是一种极不礼貌的行为，我们在创作的时候一定要注意噢！

不过，若是联家写出了切题的好联，但是挂对联的人不懂这些，将联精灵挂错了地方，就有些伤脑筋了。

有一次，一个公园请不少联家写对联，胡静怡先生为一个楼阁写了一联：

登百尺楼台，捧出云峰七二；

看万家灯火，招来珠履三千。

结果不知为什么，这联竟挂在一个风雨桥中，既不切景，又不切情，显得不伦不类，可叹！你看你看，写联的人懂，挂联的人不懂，也是行不通的。所以，我们哪怕不晓得写对联，懂一点对联知识，才知道怎么挂对联，不然把人家写的好联挂错了地方，就贻笑大方了。

仅仅如“意”还不行，还必须“吉祥”。庆贺类的对联如婚联、寿联、春联等，就不能用“亡、哀、死、病、苦、没、灭、凶、坏、伤、灾、昏、败、困、杀、墓、祭、奠、尸、埋、诛、逝、残”等不吉利的字。当然，在挽联中也不宜出现“喜、乐、笑、欣、庆、欢”等表示欢乐的字。

早几年，有一个卫生院的门口贴出了含有“生意兴隆”等字样的对联，受到了很多人的批评。因为医院“生意兴隆”不就是希望病人多吗？这个怎么可以！相比之下，那个挂“但愿人皆健；何妨我独贫”的诊所和那个挂“但愿世间人少病；何妨本店药生尘”的药店就可爱多了。

行业联，当然也不能只考虑顾客，当然也得考虑店主。刘秋泉先生为长沙县某花圈店撰联，就站在店主的角度来写：

做吾这笔小生意；

了你那桩大事情。

因为这里所说的“大事情”，大家都知道是指什么，店主当然想说得明明白白：是对方的“大事情”。

写联的时候，还要注意，不能只让其中一方满意，要皆大欢喜。比如理发店的联，有不少是夸自己技术的，所以有不少联中含顾客进门时蓬头垢面出门时满面春风之意。其实，站在顾客的角度来想，他们应该是不太爱听的。刘秋泉先生为某美发店撰的联，就没有这层意思，而说顾客本来就有“十分头面”，理发师只是让他更美。这样子的话，顾客应该更加喜欢：

美你十分头面；

惹他几缕相思。

14. 形对意联

“对联对联”，前边讲了“对”，现在该说说“联”了。联（聯）是会意字，由“耳”和表示接连不断的丝组成（在繁体字中），本意表示连接。也就是说，“对联”不仅要“对”，还要“联”，两句话不能各行其是，必须有联系。

常见的联系方式有两种：

一种联系方式是有先有后，不可分割，先后衔接才能表达完整意思，称串对（取上下贯串之意）或流水对（取两句连贯如行云流水之意）。

流水对中上联与下联在意义上和语法结构上不是相对，而是上下相承，具有一定的前后秩序。如“行到水穷处，坐看云起时”。（王维《终南别业》）这两句之间有前后承接关系，必须是先到水穷之处，然后才能坐下来看云起云落。这两句的先后次序不能倒置。

《登鹳雀楼》中的末尾两句，就是流水对：

欲穷千里目；

更上一层楼。

一种是并肩对，即一联中两句围绕同一个主题分别从不同的角度而言，上下句是各自独立的一种对联，像两个人并肩站着。

益阳名士萧大猷为伞店和酒坊合面铺子所题一联，是并肩对的典范：

问生意如何？打得开，收得拢；

看世情怎样？醒的少，醉的多。

上联讲伞，下联讲酒，不仅贴切店铺的经营项目，而且富有弦外之音。

但是，并肩对的上下联必须为同一主题服务，意思上是有联系的，这才叫“对联”。就如伞店和酒坊合面铺子的那联，如果这店子只是个伞店，那就下联跟主题毫不相关，有“对”而无“联”了。

下联不仅要与上联相“联”，还要“联”得有进步、有气魄，不能虎头蛇尾。

1847 年，太平天国还没有形成势力。李广彩在广西贵县开理发铺，以

作为同伴的联络站。开张那天，冯云山题了副对联：

磨砺以须，天下有头皆可剃；

及锋而试，世间妙手等闲看。

石达开看了，说："前一句很有气魄，后一句则太平淡，似乎头重脚轻。"他沉思一会儿，提笔改为：

磨砺以须，问天下头颅几许；

及锋而试，看老夫手段如何。

这一改，下联就豪气干云了！

一次，十多位新进士去李东阳家做客，有位进士行礼时，口称"阁下李先生"。

李东阳听了微微一笑。大家落座以后，李东阳说："我有个出句，请对个下句。"他的出句是：

庭前花始放；

几个人你看我，我看你，弄不明白为什么让大家对这么简单的句子，谁也不敢贸然应答。

李东阳笑了："怎么都不说话？这对句是现成的，刚才不是有人说了吗？"

刚才说什么？噢！原来是——

阁下李先生。

众人一想，不由失笑。先生肯定是听到人家称他为"阁下李先生"才想起让大家对这个的。

这个联也真是有趣，"庭前花始放"与"阁下李先生"这个称呼相差十万八千里，不是不"联"了吗？但是，你若说它不"联"，"庭"对"阁"，建筑对建筑；"前"对"下"，方位对方位；"花"对"李"，植物对植物；"始"对"先"，副词对副词；"放"对"生"，动词对动词，每一个字都对上了，而且都对得挺工整。

这样的对子啊，叫作"无情对"，是对联里边的调皮鬼。

这个对子，还不是太"无情"，因为，它还可以理解为"阁楼下边李树先长出来了"，跟"庭前花始放"还有点儿联系。下边这个就更过分了！

有个小调皮，在私塾读书的时候，朝师母喂的一群鸡扔砖头，砸死了一只。私塾的石先生有些生气，就说："我出个对子，你若对得上，就饶了你。"

小调皮当然想试试对对子啦。

石先生就以这事为题出句：

细羽家禽砖后死；

小调皮回想起老师平常讲的工对法则，挠着小脑袋寻思："'细'对'粗'；'羽'对'毛'；'家'对'野'；'禽'对'兽'；'砖'对'石'；'后'对'先'；'死'对'生'。"于是对道：

粗毛野兽石先生。

石先生哪里想得到，自己好心想放这小调皮一马，小调皮却对出这么个玩意儿来，真是不知说什么才好。我们可千万不要学小调皮这样乱对噢！我相信，聪明的你，一定能想出又工整、又礼貌的对句来。

鲁迅先生的一篇文章里有这么一句话："在我的后园，可以看见墙外有两株树，一株是枣树，还有一株也是枣树。"他的意思是说院子外边其实什么也没有，除了枣树还是枣树。但如果我们的对联也这样，"一株是枣树，另一株也是枣树"的话，那是不受欢迎的，就像你长途旅行的时候想看书，因为忙，让谁给你塞两本书在行李箱里，结果打开一看，两本书一模一样……

有些人写的对联也是这样，人家看完了上联，满怀期待地看下联，结果和上联差不多。比如这副：

满户温馨歌岁足；

全家喜悦庆年丰。

"满户""全家"一个意思；"温馨""喜悦"差不多；"歌""庆"也差不多；"岁足""年丰"一个意思，上联讲全家高高兴兴庆祝丰收年，下联也是讲全家高高兴兴庆丰年，对联的这种毛病，叫合掌。南宋魏庆之《诗人玉屑》说"两句不可一意"，就是说不可以合掌。对联本来就短，应当用有限的文字，尽量表达丰富的内容。

15. 优待一族

胡衡斋题阳山韩文公祠联：

其人如泰山北斗；

是日也天朗气清。

此联，若用两字一组来看平仄，上联第二字“人”，平声，第四字“泰”，仄声，第六字“北”，仄声，失替，不行；如将“其人如”作为一个单位来看，第一个节奏点“如”，平声，第二个节奏点“山”，平声，第三个节奏点，“斗”，还是失替。那么，这联的平仄有问题吗？没有。那又是为什么呢？

这就关系到一个新的概念——领字了。领字是指在一个联句里面起到统领作用的字（词）。什么叫统领作用呢？对联中，常有一些自对的句子，如：“泰山北斗”“天朗气清”。这些自对的句子，可以单独使用，但当它们要用到结构比较复杂的联句里面的时候，就需要有一个引领，比如说，刚才的两个自对句放在一起要成为一副对联，难免有点牵强，加上“其人如”“是日也”，就把景物与人物等联系在一起了，而“其人如”“是日也”就被称为领字了。

《联律通则》第九条：使用领字、衬字、介词、连词、助词、叹词、拟声词，以及三个音节及以上的数量词，凡在句首、句中允许不拘平仄，且不与相连词语一起计节奏。

在岳飞墓前，有两尊铸成秦桧夫妻模样的跪姿人像，两人的脖子上均挂有一个小木牌，木牌上各书半联，甚为有趣。

秦桧脖子上的木牌上写的是：

咳！仆本丧心，有贤妻何至若是？

秦桧老婆脖子上的木牌上写的是：

啐！妇虽长舌，非老贼不到今朝！

此联第一分句的两个叹词都是仄声，岂不是没有平仄相对？不不不！因为它们是叹词，《联律通则》第九条“优待一族”里也有它们的名字。

乾隆五十大寿，百官朝贺，可是乾隆身为皇帝，天底下有什么奇珍异宝他没见过？什么恭维奉承的话他没听过？要准备一个能让皇上另眼相看的礼物，难啊！

纪晓岚却只呈上一副对联：

四万里皇图，伊古以来，从无一朝一统四万里；

五十年圣寿，自前兹往，还有九千九百五十年。

上联暗指清朝版图纵横四万里，历史上从没有一个朝代版图如此之大。下联中乾隆五十大寿再加九千九百五十年，刚好一万岁。上联“无疆”，下联“万岁”，恰好“万寿无疆”！乾隆大喜，百官齐赞。

这拍马屁的功夫我们不学，但这对联我们得仔细瞧瞧。“一统四万里”收尾连着五个仄声啊，还有“九百五十”，也是连着四个仄声，而且“统”和“百”，“万”和“十”，平仄也没相对。《联律通则》第九条说：“三个音节及以上的数量词，凡在句首、句中允许不拘平仄，且不与相连词语一起计节奏。”那好吧，《联律通则》都说行，我还有什么好说的？

· 除了给领字、叹词等的优待，还有其他的优待噢！

《联律通则》第十二条规定：“巧对、趣对、借对（或借音或借义）、摘句对、集句对等允许不受典型对式的严格限制。”

如前边“魑魅魍魉”联，从格律的角度讲，“魑魅魍魉”，第二字和第四字都是仄声，这是“失替”。但是，没有任何一个楹联家讲这个故事的时候要求把“魑魅魍魉”换成“魅魑魍魉”，一是因为这是一个口头对句，而且是在那么快的时间对出来的；二是因为“魑魅魍魉”是一个出自《左传·宣公三年》的固定词语：“螭魅罔两（即魍魉），莫能逢之”，不宜改动。

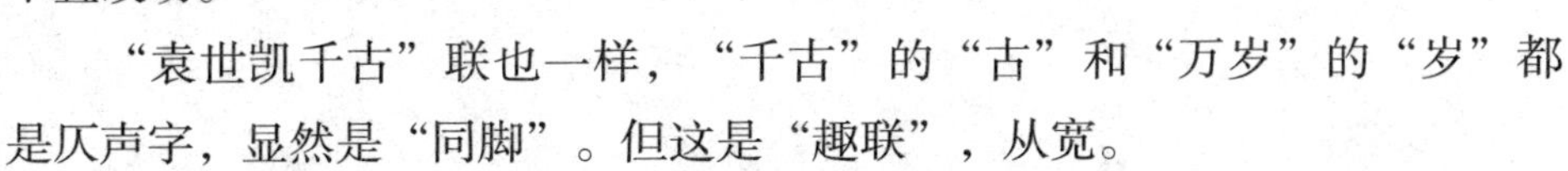

“袁世凯千古”联也一样，“千古”的“古”和“万岁”的“岁”都是仄声字，显然是“同脚”。但这是“趣联”，从宽。

“吃老子的饭”一联，“吃老子的饭”五个仄声，“全靠老子”中“靠”和“子”是仄声……这也是“趣联”，从宽。而且这是一副用口语写成的调侃对联，“全靠老子”，更符合我们说话的习惯，若刻意改成个平声字的“依”，就不是那个味道了。

“草‘管’人命”一联，“草‘管’人命”的“管”和“电‘制’风

驰”的“制”都是仄声，但这是“将错就错”，人家本来是那么说的，不可以改的。

《红楼梦》中，黛玉说：“词句究竟还是末事，第一立意要紧。若意趣真了，连词句不用修饰，自是好的，这叫作‘不以词害意’。”

所以，即使不是巧对趣对，若是真的有极好的句子，若迁就平仄什么的就影响意思的表达，有时候也可以放宽一些要求的。当然，得真是极好的句子，若是本就不咋地的句子，还不合格律，那就没有什么存在价值了。

除了平仄，有时候对仗方面也可以有点“小优待”——

中唐诗人李群玉《杜丞相筵中赠美人》首联：

裙拖六幅湘江水；

髻（jì）挽巫山一段云。

乍一看，“六幅”怎么对“巫山”，“湘江”怎么对“一段”，但是，你再看看就会发现，“六幅”对“一段”，“湘江”对“巫山”，确实恰到好处，这样“交换位子”错综而对，叫交错对，也是可以的。

第三章　一闪一闪亮晶晶

“一闪一闪亮晶晶，满天都是小星星。挂在天空放光明，好像许多小眼睛……”联精灵的世界里，也有很多闪亮的小星星噢！

1. 绘画之星

联家郭都贤幼有神童之誉，据传，八岁随父出游，父信口吟之：

燕入桃花，犹如铁剪裁红锦；

都贤随即应之曰：

莺穿柳叶，恰似金梭织翠丝。

这画面，美得让波老师那一瞬间忘了吃零食。

塔顶葫芦，尖捏拳头捶白日；

城头箭垛，倒生牙齿咬青天。（冯梦龙题岳阳慈氏塔）

塔顶的那只葫芦，嘟着嘴，对天上的太阳说：“叫你晒！叫你晒！晒得人家灭黑的！用小拳拳捶你胸口！”城头的箭垛翻着白眼，对青天说：“真讨厌！真讨厌！你为什么要比我高？看我不咬你！”

哈哈，是不是比动画片还好看？四百多年前，那时候可没有动画片哦！冯老先生描绘的这画面却和动画片一样好看。惊不惊喜？意不意外？佩不佩服？

鸡犬过霜桥，一路梅花竹叶；

龟蛇浮水面，两般玉带荷包。（陈经邦）

波老师想到成为画家的办法了，捉一只鸡和一只狗，在墨汁里“洗个脚”，然后放在画纸上跳几支芭蕾舞，一幅《梅花竹叶图》就画成了，也

不像那些大画家那样卖几千几万一平尺，二十块钱一张就好，薄利多销。至于下联，“玉带”我就不贪了，“荷包”可以有一个……

还有些“小精灵”，是有声图画：

有一天，周渔璜下课后，他的老师带着他在学校外面闲逛，师生俩边走边聊。这时，学校附近一户农家里的母鸡刚刚下完蛋，正在“果多果多”地叫个不停。老师便根据这个场景出了个上联：

母鸡下蛋，果多果多，只有一个；

这个上联是以母鸡的叫声来入联的，既有音乐美，又好像南方方言“果（这么）多果（这么）多”的声音，母鸡说，“果多果多”，但是只下了一个蛋，是不是个谎报数据的小调皮？

这个出句无疑是很难对的，但周渔璜并不紧张，他不慌不忙地看看周围，寻找灵感。忽然，他听到路旁的树枝上，有几只小鸟正在欢快地叫着，声音特别好听。周渔璜发现，这几只小鸟的叫声很像“酒醉酒醉”。他高兴极了，指着树上的小鸟对老师说：

小鸟上枝，酒醉酒醉，并无半杯。

“酒醉酒醉”，是模拟鸟叫的声音，既有音乐美，也好像是在说自己“酒醉”了，可是，小鸟却连半杯酒都没有喝哟，怎么会醉？这也是一群谎报数据的小调皮！

衡山新桥戏台曾有民国时期刘笠卿先生一联，也是有声图画，“好听”得很：

搭东台，唱西台，北调南腔，咿喽呀子喂；
伸左脚，抬右脚，前行后退，昌且采当亢。

湖南花鼓小调中，句尾常有一些衬词，这些衬词并无实际意义，只是用来延展曲调、抒发情感而已。比如“得儿哟，呀儿哟”“依呀依子哟依哟”等。该联便用“咿喽呀子喂”以模拟唱曲人的声调，平添一股生动活泼的气氛，最受乡村老百姓喜爱。“昌且采当亢”则是锣鼓磬钹的象声词，让人一看到就想起剧中角色合着锣鼓点子声音站定的情形，既有音乐美，也有画面感。

西施媚（下一章我们讲创作，波老师举了一些自己的习作，那是“东施效颦”，只是为了让你们易懂易学。大家真正要多多亲近的，是这真正美丽的“西施”。）：

民国蒋培非《自题益阳山居》：

草野人家，黄土筑墙茅盖屋；

山林风味，笋儿生角蕨伸拳。

郑铁峰《参观草书展览》：

草底蛇形惊入洞；

枝头雀跃倦归巢。

刘松山《题某公园临湖轩》：

湖映山光，常将树影藤阴，拖来水面；

轩邀客履，好把锦鳞白鹭，捉入诗笺。

石印文《题安化荑江公园停云阁》：

阁与白云齐，看起伏山峦，都如笋蒂冲衣出；

江依青霭尽，听翻腾波浪，疑似英雄踏马来。

符笑汀《题长沙沿江风光带》

绿荫遍地儿娃，引侣呼朋，笑语荡开春水碧；

白发谁家翁媪（ǎo），飞觞（shāng）对弈（yì），欢颜凝聚夕阳红。

2. 豪迈之星

明代弘治年间，一个县令下乡视察，路过一个池塘。池塘里，几岁的杨慎光屁股玩得正欢，见了县令，不仅不回避，还冲着县令做鬼脸。县令觉得失了面子，就让人把杨慎的衣服挂在路边的一棵古树上，对杨慎说："我出个对子，你如果对得上，就还你衣服。"他的上联是：

千年老树为衣架；

杨慎一边划着水，一边答道：

万里长江作浴盆。

这下联不仅对仗工整，还豪迈大气。县令欣赏杨慎的才学，便不再计较他的调皮了。

一年冬天，明代才子解缙身着绿缎子棉袄，从外婆家回来，路上遇到附近一个员外。这员外早就听说解缙聪明善对，这回在路上碰到了，便想看看解缙到底水平如何，于是拦住解缙，笑道：

出水蛤蟆穿绿袄；

解缙见这员外身穿大红长衫，随口应道：

落汤螃蟹着红袍。

员外一听，暗暗吃惊，但还是有点儿不服气，就拦在路中间，想让解缙从路边过去。可解缙站着并不挪步。员外于是又道：

小犬无知嫌路窄；

解缙又应声答道：

大鹏展翅恨天低。

员外看到解缙口出豪言，便想着出个气魄非常大的上联，看解缙如何应对：

天作棋盘星作子，谁人能下？

解缙微微一笑，应道：

地为锦瑟路为弦，哪个敢弹？

如此大气豪迈，员外心服口服，赶紧给解缙让开了路。

清代著名联家周渔璜，奉朝廷之命到浙江担任考官。他刚到杭州，便被一群文人围住，说是要“拜谒”他，尤其为首的“才子”甚是客气，朗声问道：

洞庭八百里，波滔滔，浪滚滚，宗师何处而来？

周渔璜一听：这哪里是问我“仙乡何处”，分明是出个对子看看我肚子里有没有东西啊！他微微一笑，脱口而出：

巫山十二峰，雾蔼蔼，云重重，本院自天而降。

见周渔璜才学惊人，众“才子”心悦诚服。

大年三十，谭继询给儿子谭嗣同出联：

除夕暗无光，点一盏灯，为乾坤增色；

第二天早上，谭嗣同一径奔到祖堂，对准挂在东廊的堂鼓“咚咚咚”紧擂三通。父亲惊醒，问何故，谭嗣同说：

初春雷未动，发三通鼓，助天地扬威。

这豪迈之气，应该是“我自横刀向天笑，去留肝胆两昆仑”这豪迈诗句的种子吧？

西施媚：

朱熹《题白鹿洞书院》：

日月两轮天地眼；

诗书万卷圣贤心。

吴獬《题君山大观园》：

大如天，君山拳石；

观于海，洞庭一杯。

李曲江《题天心阁》：

登阁上青霄，回首潇湘，是谁将衡岳洞庭和盘托出？

举头近红日，寄身天地，待我把白云明月信手拿来。

民国王瑞明《自撰墓门联》：

我已辞尘，敢将黄土埋三尺；

谁来敬酒？好对青山饮一杯。

刘克醇《题郴州苏仙岭观景楼》：

拔海越千寻，登临暂驻仙峰，俯视风云奔眼底；

去天惟咫尺，呼吸可通帝座，恐惊星斗落人间。

邹宗德《题长沙市白沙古井公园茶艺馆》：

一园月色和茶煮；

万古泉声带韵流。

刘正奇《题东湖塘中小》：

翘首立东风，潋滟湖光涵万象；

凭阑思往哲，峥嵘头角竞千帆。

张曲《题长沙麓山国际实验学校高考考场》：

霜刃新磨，亮剑当歌天下白；

云峰直上，骋怀不负少年雄。

王璇《登祝融峰》：

本是最高，极目好收平地景；

何须更上，悄声亦语半天云。

3. 背诵之星

人们都说“倒背如流”来形容一个人对什么文章特别熟悉，波老师也对很多东西倒背如流，比如说下面这副对联——

雾锁山头山锁雾；

天连水尾水连天。

然后老师再倒着背一遍：

雾锁山头山锁雾；

天连水尾水连天。

怎么样？波老师很厉害吧？

什么？你发现波老师倒背的和顺背的一样？呵呵，恭喜你！你的观察力真棒！老师倒背如流的这对联其实是回文联。什么是回文联呢？大家刚才都领教过了，就是顺着念倒着念都是一样的。

除了这种字音字形完全一样的，还有“读音”顺读反读一样的。

有一天，李调元来到一座庙里，长老久闻李调元之名，热情接待。席上，李调元见长老几次欲言又止，料定他有事相求，就主动问他。长老说，庙中有幅画，是这位长老的师傅画的，画的是三两枝出水的荷花。有一天江南才子唐伯虎游玩到此，在画上题了几个大字：

画上荷花和尚画；

唐伯虎还说：“我走之后，若有人能对出此对的下联，此人必是当今奇才！”可多少年过去了，一直没人能对出下联。

李调元马上要长老把画给他看，果然画妙字绝。他望着这个出句一寻思，才发现其中的妙处。原来，这七个字，正念反念读音一样，但是有些字字形却不一样。

李调元微微一笑，在唐伯虎出句旁边，写下对句：

书临汉帖翰林书。

也有“局部回文”的。宁乡与安化接壤处有一茶亭，亭内有一联：

冷眼看世人，富者贫来贫者富；

水亭观过客，南人北去北人南。

这副对联，只有后边的分句是顺读倒读一样的。

波老师不仅背回文联厉害，像下边这副联，记性不好的朋友忘了很多字，我就记得清清楚楚的：

翠（ ）红（ ），处（ ）莺（ ）燕（ ）；

风（ ）雨（ ），年（ ）暮（ ）朝（ ）。

看波老师来补充完整：

翠翠红红，处处莺莺燕燕；

风风雨雨，年年暮暮朝朝。

厉害吧？波老师还能背诵山东济南千佛山趵突泉的联：

河水清泉，飘……飘……飘……飘……

有的同学是不是心里犯嘀咕了？波老师终于“框瓢”了！哼！忘记了？波老师记忆力可好了！谁答应请我吃饭没兑现我都记得清清楚楚。那是波老师太紧张“结巴”了？也不是。我紧张的时候会告诉大家“我叫不紧张”。别瞎猜了！波老师刚刚读的是：

佛脚清泉，飘飘飘飘，飘下两条玉带；

源头活水，冒冒冒冒，冒出一串珍珠。

这也是叠字联。

不是这样重叠的联，波老师也能背：

风（ ）雨（ ）读书（ ），（ ）（ ）入耳；

家（ ）国（ ）天下（ ），（ ）（ ）关心。

下面老师开始背背诵了啊：

风（声）雨（声）读书（声），（声）（声）入耳；

家（事）国（事）天下（事），（事）（事）关心。

厉害吧？怎么，你又发现了，上联括号里的字全是“声”，下联括号里的字全是“事”。嗯嗯，你们真会找规律！确实，只要找到了规律，这样的联你也能“过目成诵”，要不要试试？

爱物总关情，爱水爱山爱花鸟；

可亭宜遣兴，可诗可画可琴棋。（李伏波题可亭）

试试看吧：

爱物总关情，（　）水（　）山（　）花鸟；

可亭宜遣兴，（　）诗（　）画（　）琴棋。

同学们肯定都很不错，那我们再来试试这种，看你会不会背。

金水河边金线柳，（　）（　）（　）穿金鱼口；

玉栏杆外玉簪花，（　）（　）（　）插玉人头。

我又知道：

金水河边金线柳，金线柳穿金鱼口；

玉栏杆外玉簪花，玉簪花插玉人头。

怎么？你们又发现秘诀了？是的，这样的对联也容易背，因为后一个分句的开头就是前一个分句的末尾。这种对联叫顶针联。

背几个字算什么？我还能看着上联就背出下联：

比如北京青年挽闻一多先生的联：

一个人倒下去，千万人站起来；

我可以背出下联：

千万人站起来，一个人倒下去。

意思是说闻一多先生的牺牲唤醒千万人站了起来；千万人站了起来，祸国殃民的那个人就会倒下去。（这也是没有仄起平收的一个特例）

这样的对联，也特别好背诵吧？所以，我们掌握了对联的特点，要记住一些对联，其实是非常容易的。

西施媚：

叠字联：

黄文中《题西湖天下景》：

水水山山，处处明明秀秀；

风风雨雨，年年暮暮朝朝。

程士万《题湖南烈士公园》：

离离草密密疏疏，点点花红红绿绿，枝枝叶叶，摆摆摇摇，春色正融融，郁郁青青香扑扑；

曲曲栏齐齐整整，弯弯路叠叠重重，种种形形，奇奇怪怪，游人常济济，

来来往往日纷纷。

顶针联：

句中顶针的：

常德德山山有德；

长沙沙水水无沙。

句间顶针的：

楼外青山，山外白云，云飞天外；

池边绿树，树边红雨，雨落溪边。

句内句间都顶针的：

水车车水，水随车，车停水止；

风扇扇风，风出扇，扇动风生。

句句顶针的：

看我非我，我看我，我亦非我；

妆谁像谁，谁妆谁，谁即像谁。

4. 和“谐”之星

大诗人苏东坡与和尚佛印是好朋友，他们经常互相逗趣。

一天，佛印听说苏东坡要来，便将一条西湖鱼洗净剖开清蒸好。可他又想逗逗苏东坡，就顺手把鱼扣在旁边的磬下面。

苏东坡就座喝茶时，闻到阵阵鱼香，又见到桌上反扣的磬，心中有数了。因为磬是和尚做佛事用的一种打击乐器，平日都是口朝上，今日反扣着，必有蹊跷。

他装作没发现的样子，故意长叹一声：“唉——”

佛印知道苏东坡性情开朗，今天忽然愁眉苦脸，不由得好奇：“兄台今日为何愁眉不展？”

东坡回答：“大和尚有所不知，这人上了年纪，记性越来越差，今天早上有邻居要我写副耳熟能详的七言对联，谁知下联写了一半最后三个字死活也想不起来，故此心烦不已呀！”

古时候可不比现在，记不起东西可以上网搜索。遇到这样的事情确实伤脑筋。佛印马上想着帮朋友：“哪副对联？说给我听听！说不定我记得。”

苏东坡连声说：“可以，可以。就是那‘向阳门第春常在，积善人家’那个，后边三个字是什么来着？”

佛印一听，“噗嗤”一声乐了，脱口而出：“‘庆有余’啊！”

苏东坡露出狡猾的笑容：“‘磬（庆）’有‘鱼（余）’，那就拿出来吃啊！”

佛印这才明白，原来苏东坡绕来绕去，就是为了这磬下面扣着的鱼啊！

苏东坡先生利用“磬”“庆”“余”“鱼”谐音来逗佛印老师，是不是很好玩？

传说乡下有个“光棍”穷书生，常常代乡亲们写状子到衙门里申诉，乡亲们都很感激他。欺负乡亲们的坏人们，则总想找机会除掉他。可县令也是个秉公执法之人，坏人们没有得逞。

这一年，新换了个县令，豪绅们乘此机会买通坏人，诬告穷书生犯法。

新县令派人将他捉到官府。穷书生一番辩解之后，说得新县令哑口无言。县令听完后知道穷书生是遭人陷害，可自己不问青红皂白把人抓来毕竟面子上过不去，就想找个法子给自己挽回点面子，说："你既是书生，当能属对。我出个上联，你即时应对。如对不出，仍要严惩。"

书生道："大人尽管出题。"

县官狡黠一笑：

云锁高山，哪个尖峰敢出？

书生随口答道：

日穿漏壁，这条光棍难拿！

县令一听，这真是个大才子啊！这"光棍"二字的谐义双关用得极妙：表面上说的是壁上有洞，日光照进来，形成一条"光的棍子"难得拿住；实际上是说他自己这条"光棍儿"，没有犯罪，自然衙门里也难以捉拿！这个县令也是，知道人家是遭人陷害就赶紧放人就是了，还想用这种方法给自己找面子，难道你县令的面子比正义重要？还好书生对出来了，要是对不出来，岂不会要冤枉受你的"严惩"？

像上边这两个故事一样，在一定的语言环境中，利用字词的同音或多义的特点，有意使语句具有双重意义，言在此而意在彼，这种修辞手法叫作双关。第一个故事是谐音双关，第二个故事是谐义双关。

相传，明末清初大文学家金圣叹因"哭庙"一案被处斩首，在临刑之际，他的儿子前来与他道别。儿子眼见父亲五花大绑地跪在地上，心中不胜酸楚，哽咽着说不出话来。金圣叹见了，不禁叹道："我也同样地为你悲伤啊！此时此际，你可知我心中所想吗？我有一上联，你可应对。"说完，金圣叹吟道：

莲（怜）子心中苦；

他的儿子本来聪敏过人，但在生离死别之际，又怎有心对下联呢？金圣叹见儿子一味痛哭，便说："死生有命，你又何必如此？我还是来替你对下联吧。"接着他又吟道：

梨（离）儿腹内酸。

这里面，表面是说"莲子"的心是苦的，实际上"莲"与"怜"谐音，是“怜子心中苦”的意思，下联“梨儿腹内酸”，表面是说“梨儿的里面是酸的”，实际上“梨”与“离”谐音，是“离儿腹内酸”之意。这是谐音双关。

春和日丽，唐伯虎偕友人陈白阳到郊外踏青。两人一路诗文唱和，寄情于田野之间。

忽见前面有座村庄，茅舍炊烟，竹林掩映，曲径通幽。面对眼前景色，唐伯虎出了一句上联：

眼前一处园林，谁家庄子？

陈白阳一听：好家伙？你这哪里是提问？分明是考我啊！

为什么这么说呢？因为这题好像是在问“这是谁家的园子（庄子）”，但里边有个秘密：“庄子”又可以指著名思想家庄子的著作《庄子》。

陈白阳也不是那么容易被难住的人，略一思索，吟道：

壁上几行文字，哪个汉书？

“哪个汉书”，好像在问“哪个汉子写的”。里边也有个“秘密”，“汉书”也可以指班固编撰的史书《汉书》。

一群秀才到外边去郊游，他们准备通过路边几条田埂到前方的河边去。一个秀才率先走在田埂上，却没注意那边走过来一个担着泥巴的农夫。农夫请他让路，他有点儿小骄傲，觉得自己是个读书人，不想给农夫让路。农夫便出了一联请秀才对：

一担重泥（仲尼）拦子路；

乍一听，这一联似乎挺容易对，仔细一想，却不是那么回事。“重泥”既指“很重的泥巴”，又谐音“仲尼”（孔子字仲尼）。“拦子路”既指“拦住您的路”，即拦住秀才的路，“子路”又指“孔门十哲”之一的子路。秀才不由得一惊，农夫里边也有如此高人。

这个秀才急得满脸通红一时还真答不上来，走在其他田埂上的秀才见此情景哈哈大笑。

秀才灵机一动，对道：

两边夫子笑颜回。

“夫子”有很多意义，既可以指学者或老师，也可以专指孔子。“笑

颜回”既可以指“带着笑颜而回”，也可以理解为“笑/颜回”，“颜回”是孔子最得意的弟子，也是“孔门十哲”之一。

农夫服气地点点头，准备让路。

秀才佩服农夫的学识，又见农夫担着重担，也主动返回让农夫先走。

5. 拆装之星

某次上课，讲到一个孩子拆了电话机在爸爸的鼓励下重新装好的故事，我笑着说："波老师比他强多了，小时候我拆了我爸爸新买的手表，也装好了，还多出两个零件。爸爸真是的，居然还对我说：'你若安好，便是晴天，你若安不好——老子打烂你的屁股！'——笑什么笑？波老师喜欢拆装有什么不对？连很多联家都向波老师学习，喜欢拆东西装东西呢！"

他们拆的装的都是字，这种类型的对联叫拆字联。拆字联是对联的一种独特的形式。拆字，也称析字、离合，是将汉字的字形各部分拆离开，使之成为另几个字（或形），并赋于各字（或形）以新的意义。

清代联家王闿运赋闲居湘潭云湖桥，每日午休，闭门谢客。

一天，一个游学先生登门拜访，未时已过，还不见王闿运开门，就写了半副联在纸上，命门房通报。联云：

门内有才方是闭；

这是一拆字联，"闭"字拆开来正是"门"和"才"字，但是，其中的意思也很明显：门内有才，才能算"闭"。你到底有没有才呢？比如说，我这上联……你看着办吧！

王闿运接联一读，才知道午休睡过了头，怠慢了来客，自觉理亏。但人家战书已经下了，不应战是不行的。人家用对联提出意见，自己总不能直接说："对不起啊，睡过头了！"王闿运毕竟是王闿运，也书半联命门房递出：

寺旁无日不知时。

既解释了睡迟的原因，也表达了主人的歉意，十分得体。而且也是拆字联，"时（時）"字拆开正是"寺"和"日"。游学先生读了，高高兴兴入门相见。

南朝时的江淹，是文学史上十分著名的人物，成语"梦笔生花""江郎才尽"都和他有关。据史书上记载，江淹年轻时才思敏捷。一次，一群文友在江边漫游，遇一蚕妇，当时有一颇负盛名的文人即兴出联曰：

蚕为天下虫；

将“蚕”拆为“天”和“虫”，别出心裁，一时难倒众多才子。

正巧一群鸿雁飞落江边，江淹灵感触发，对曰：

鸿是江边鸟。

将“鸿”拆为“江”和“鸟”，与将“蚕”拆为“天”和“虫”有异曲同工之妙，不仅反应奇快，而且贴切，众人自然为之叹服。

苏东坡并没有妹妹，但传说故事里苏东坡却有个妹妹叫苏小妹。

相传佛印和尚与苏小妹也曾有过一次“拆字联”妙对。有一天佛印和尚去拜访苏东坡，大吹佛力广大、佛法无边。坐在一旁的苏小妹有意开他的玩笑，说：

人曾是僧，人弗能成佛；

佛印一听，也反戏她一联：

女卑为婢，女又可为奴。

苏小妹和佛印的妙对，就是利用拆字法巧拼“僧”“佛”“婢”“奴”四字互相戏谑，真是妙趣横生。（这样的趣联，平仄也可以从宽的。）

纪（jǐ）晓岚是清朝有名的大才子，喜戏谑，青年时已很有名气了。邻村一个庙里的和尚听说了，便请他写一副楹联。纪晓岚欣然同意，提笔一挥而就。

日落香残，且把凡心扫去；

炉寒火尽，须将意马拴牢。

联中之意不但合乎佛家的生活规矩，而且创造了一种恬淡优美的意境。寺僧十分高兴，就将这副楹联刻在了柱子上。

秀才张琏是纪晓岚的好友，知道纪晓岚喜欢捉弄人，闻听此事后，总觉得事情没那么简单，就前往仔细观看并揣摩，果然发现了其中的奥妙，哈哈大笑。寺僧惊问其故，张详细解释后，寺僧马上把这副楹联换了。原来，“日落香残”，就是“香”字的“日”落了，剩下个“禾”；“且把凡心扫去”，“凡”的“心”是一点，扫去了，就是个“几”，合起来就是“秃”。

“炉寒火尽”，就是“炉”的“火”字旁没有了，剩下“户”，再拴个“马”，就是“驴”。

合起来就是“秃驴”，是人们谩骂僧人时常用的词语。故事有趣，但纪晓岚作对联时谩骂僧人的行为不值得我们学习。下边这个故事里的珍妃才是我们学习的榜样。

在一个月夜，光绪皇帝与珍妃在花园的草地上相见。光绪口吟一联：

二人土上坐；

珍妃听后一惊，倒不是因为上联中用了拼字法，“二人土”合在一起正是一个“坐”字，而是因为联中将她和皇帝比喻为平起平坐。在那个时候，人与人的等级是分得非常清楚的。她心想我不过是一妃子，是臣下，怎敢和皇帝并肩坐呢？想了想，便对道：

一月日边明。

“一月”和“日”合在一起正是“明”字，不仅也用了拼字法，而且恰如其分地将自己比作月亮，把光绪比作太阳，表示自己是借皇帝的光辉照耀自己，谦恭有礼。

6. 含蓄之星

清朝，临池王半朝为显示他家能文能武，建造了一座功德牌坊，请蒲松龄题副楹联。蒲松龄知道：这王半朝排行第八，为人狡诈霸道，人称“王八”，就写了“三朝元老”四字，然后写下一副楹联：

一二三四五六七；

孝悌忠信礼义廉。

王半朝看到“孝悌忠信礼义廉”几个字全是好词，兴高采烈地请有名的工匠把这副楹联刻在牌坊上。

可是，他却常常看到人家看着牌坊上的对联奇奇怪怪地笑，颇是不解，便找人来问，弄明白了对联的意思，赶紧把这对联撤掉了。

这副对联到底什么意思呢？为什么大家看了会偷偷发笑呢？

上联看似在数数，数到“七”就戛然而止，似乎忘了“八”，意喻“忘八”，谐“王八”之音；

下联列举了中华传统文化核心的“八德”：“孝、悌、忠、信、礼、义、廉、耻”，似乎是一句表扬人的话，殊不知作者的用意却在于缺少的那个“耻”字，意思是“无耻”。

这样的对联叫作隐字联，又叫缺如联、藏字联，即在联中故意略掉需要突出的一些字，含蓄巧妙地传达言外之意、弦外之音。隐字联含而不露，曲径通幽，寓意隽永，其中不乏构思巧妙、手法奇特、语言生动的佳作，读之令人拍案叫绝，回味无穷。

明代冯梦龙《古今谭概》中记载：某书生家贫，无酒为友祝寿，遂持水一杯，谓友人曰：

君子之交淡如；

友人知其意，应声对曰：

醉翁之意不在。

出句出自《庄子·山水》：“君子之交淡如水，小人之交甘若醴（lǐ）。”知道的人肯定懂得他隐去了“水”字。对句出自欧阳修《醉翁亭记》：“醉翁之意不在酒，在乎山水之间也。”主人有意隐去“酒”字，照顾了朋友的面子，也表达了自己不在乎朋友送的是不是酒。嗯，这样的朋友请给我来一打，以后我从井里打瓶水就可以去蹭饭了。

过年的时候，家家都张灯结彩，杀鸡宰羊，一户人家却贴了这样一副对联：

二三四五；

六七八九。

横批：南北。

这副对联贴出之后，开始很多人看了都不明白是什么意思，等明白过来才明白这联的奇妙之处：十位数只写了八个，上联缺一，下联少十。横批又只有南北没有东西，这是在说他家“缺衣少食，没有东西”啊！

不管怎么说，“没钱过年”总不是一件太光彩的事，谁也不愿意直接在墙上贴张纸，上书“没钱过年”！但是，很多人家都贴春联，他也贴春联，至于是什么意思，聪明的人才能懂。这个好玩！下次人家问我买彩票如何，我也写副对联：“南北；东西。”什么意思？嘻嘻！“没中”！

明人蒋焘（tāo），少时即能诗善对。一天，窗外下着小雨，一位客人想考考他，便出联道：

冻雨洒窗，东两点，西三点；

“冻”字拆开是“东两点”，“洒”字拆开是“西三点”，对起来有一定难度。

这时只见蒋焘从屋里抱出个大西瓜，切成两半，其中一半切了七刀，另一半切了八刀，对客人说道：“请各位指教，我的下联对出来了。”

蒋焘见客人纳闷，于是说，我刚才已经用我的动作对上了啊。

客人大吃一惊，这小家伙居然来“哑对”。回忆起来，这才恍然大悟，蒋焘对的是：

切瓜分客，上七刀，下八刀。

“切”字拆开正好是“七”“刀”，而“分”字拆开是“八”“刀”。可谓对得天衣无缝，客人赞不绝口。真牛！不说话就能对对！

有一次，纪晓岚南行来到杭州，友人为他接风洗尘。席间，照例少不

了对对子。纪晓岚才思敏捷，出口成联，友人心悦诚服，夸他为北国孤才。

纪晓岚则不以为然，说道："北方才子，遍及长城内外，老兄之言从何谈起？"

友人道："以前我曾在北方游历过，出了一联，人人都摇手不对。"

纪晓岚半信半疑，问道："老兄的出句竟如此之难？"

友人道："一般。"接着，念了出句：

双塔隐隐，七层四面八方；

纪晓岚听罢哈哈大笑，说："这样简单的出句，他们不屑用口答，即以摇手示对！"

友人不解地问："那，他们的下联是什么呢？"

晓岚道：

孤掌摇摇，五指三长二短。

苏东坡被贬黄州后，一居数年。一天傍晚，他和好友佛印和尚泛舟长江。

苏东坡忽然用手往左岸一指，笑而不语。

佛印顺势望去，只见一条黄狗正在啃骨头，顿有所悟，随将自己手中题有苏东坡诗句的蒲扇抛入水中。

两人面面相觑，不禁大笑起来。

原来，这是一副哑联。苏轼上联的意思是：

狗啃河上（和尚）骨；

佛印下联的意思：

水流东坡尸（诗）。

纪晓岚请和珅吃饭，和珅先吃了一个鸡蛋，发现里边没放盐。于是他出了一上联：

鸡蛋无盐真淡蛋；

这个上联看似简单，但也有一个小小的机关，"无盐"为"淡"，形容词"淡"和名词"蛋"同音。

纪晓岚也不做声，把另外一盘菜的碟子给打开，只见这个盘子里面放着一根没有被刀切过的猪肠。和珅一看又很生气，猪肠没有切开，你让人怎么吃？

纪晓岚看见和珅眼睛都瞪大了，说道："和大人别急啊，这个就是我对的下联。"

和珅恍然大悟，这下联是——

猪肠未切好长肠。

7. 数学之星

有次，一个高年级孩子找数学老师问竞赛题，不巧数学老师开会去了。不忍看孩子失望的神情，我说："我来教你吧！"孩子回教室的时候，发现新大陆般地喊："语文老师会做数学题！"我忍俊不禁，说得好像语文老师从小就不用学数学一样。那么，你若是看到联精灵也会数学，是不是也一样会大呼小叫？

浙江某私塾有一学生爱音乐，下课唱歌曲，上课抄歌曲，先生恼火，在黑板上写此上联考他：

一二三四五六七；

学生马上对出下联：

1234567。

先生见后说："你和我写的内容一样，是什么对子？"

学生解释道："先生出句是'一二三四五六七'，我对'哆来咪发嗦拉西'，有何不妥？"

先生听了，为之一惊，仍刁难说：我这七数字，按浙江方言读作：

细睨（nì）山势舞流溪；

学生听后，仍不慌不忙地回答道：我这样写的七个数字，按乐谱的谐音可读作：

独览梅花扫腊雪。

先生见这学生才思敏捷应对如流，心生欢喜，也就不为难他了。

金锐先生赠友一联，也是在炫耀他的数学水平：

诸事付杯中，留十日醉，十日醒，十日不醉不醒之病；

几番来月下，念一花开，一花谢，一花即开即谢而香。

金先生"十日""十日""十日"的，将一个月分得挺均匀，不过我想问问，二月少的那一两天和一、三、五、七、八、十、十二月多的那一天怎么办？

我国国歌词作者田汉的家乡在湖南省长沙县的果园一带，处在果园河与麻林河的交汇处，地名为“双江口”。有一位外地文人到此地旅游，见景生情，有感而发，写下一上联：

二河两岸双江口；

上联中二河当然是果园河与麻林河了，两岸就是河的两岸嘛，双江口也就是果园河口与麻林河口。这一联难就难在“二”“两”“双”都是一个意思。

当时年仅十二岁的田汉见到上联，略加思索，便写出下联：

单人独马一杆枪。

下联单人独马一杆枪，不但对仗工整，联中“单”“独”“一”与上联的“二”“两”“双”一样，也是三个名词前的数词，又都是“一”的意思，而且含义深刻，表现出少年田汉不畏艰难，勇于进取的精神。

《三国演义》里的诸葛亮，神机妙算，为蜀国立下不少功劳。有人用一副数字联概括了他的生平事迹：

收二川，排八阵，六出七擒，五丈原前，点四十九盏明灯，一心只为酬三顾；

取西蜀，定南蛮，东和北拒，中军帐里，变金木土爻神卦，水面偏能用火攻。

你以为联精灵只会数数，那你可小瞧了它，它还会做计算题呢！

苏小妹巧对佛印联（此联亦说苏轼对佛印）：

五百罗汉渡江，岸畔波心千佛子；

一个佳人对月，人间天上两婵娟。

上下联均用加法，岸畔五百罗汉加波心五百罗汉（影子）是一千佛子；一个佳人加月里一个嫦娥，是两个婵娟。

胡智勇先生《秋趣》一联，也做加法：

丹桂盈园，四面温情四面香，八面风光诱我；

清池融月，五分凉意五分秀，十分水色撩人。

四面 + 四面 = 八面；五分 + 五分 = 十分？哼哼！五分 + 五分明明等于“一角”好吧！

不要以为联精灵只会做加法——

清朝末年一天，上海嘉定六位秀才同游城外高标山上的万景楼，贴了一副对联在楼上：

六秀才同游一日；

万景楼从此千秋。

一个叫王晨岩的名士看不惯，将此联改为：

六秀才只通六窍；

万景楼遗臭万年。

上联用了个减法：人有七窍，六秀才只通六窍，7–6=1，还有一窍未通，意思就是一窍不通。

峨眉山仙峰寺联：

北斗七星三四点；

南山万寿十千年。

上联用加法写北斗：3+4=7；下联用乘法写南山之寿：10×1000=10000。

联精灵还会混合运算呢——

乾隆皇帝在一次宴会上，指着一位老者，出了上联：

花甲重逢，增加三七岁月；

纪晓岚灵机一动对出下联：

古稀双庆，更多一度春秋。

花甲指 60 岁，三七相乘等于 21。

60×2+3×7=141。

古稀是指 70 岁，下联也是一混合算式：

70×2+1=141。

8. 变化之星

《西游记》里，孙悟空有根可以变长变短变粗变细的金箍棒，联精灵也可以这样变化噢！

解缙（xièjìn）家对面，住着一户豪门望族。

一年除夕，这家张灯结彩，准备欢度春节。而解家却还等着卖完豆腐，拿钱买米下锅哩！

解缙想，岁序更新，春回大地，家里虽穷，也得写副春联。

他放眼门外，见财主家的园子里绿竹苍翠欲滴，挥笔写道：

门对千竿竹；

家藏万卷书。

谁知财主见了这副对联，心想：这小家伙，居然借我家的竹子写你家的春联，我偏要让你出出洋相。我把竹子都砍了，看你怎么“门对千根竹”？便派人将满园翠竹根根都砍了半截。

解缙见了，微微一笑，随即取来笔墨，在春联的末尾又各添了一个字，变成：

门对千竿竹短；

家藏万卷书长。

财主出门一看，更加气得吹胡子瞪眼睛，索性叫人把竹林连根统统刨掉。哪知道聪明的解缙提笔蘸墨，再在那春联的下面各加上一个字：

门对千竿竹短无；

家藏万卷书长有。

财主见了，虽然更加气恼，但也只好自认倒霉。

这个财主，人家对联里写写他家的竹子都不行，真是小气！可惜了那么多的好竹子啊！

还有一种变化，是顺水推舟、随机应变之变，你变我也变：

黄埔军校创建之初，孙中山先生为该校题了一副门联：

升官发财，请走别路；

贪生怕死，莫入此门。

蒋介石发动了政变之后，黄埔军校发生了根本性的变化，进入此校成了一些人升官发财的捷径，于是有人将门联“莫”、“请”二字交换了位置，门联的意思就完全变了。改后的门联是：

升官发财，莫走别路；

贪生怕死，请入此门。

有一回乾隆赐宴于纪晓岚，乾隆看见桌子上有一瓯（古时一种容器）油，既吟出一副上联：

一瓯油；

纪晓岚以桌子上两碟豆子为下联：

两碟豆。

乾隆说：我说的上联是：

一鸥游。

纪晓岚说：臣说的也非“两碟豆”而是“两蝶斗”。

乾隆一笑：

江上一鸥游。

纪晓岚也随即道：

林中两蝶斗。

清代某年科考，以《尚书·秦誓》中的“昧昧我思之”一语为题，意思是深潜而静思。一个考生误写为：

妹妹我思之。

里边还尽是些乱七八糟的话。

考官看了哭笑不得，信手批道：

哥哥你错了！

既然你把“昧昧”写成“妹妹”，那我就叫你一声“哥哥”吧！这种明明知道对方错了却故意效仿的修辞方式，叫作飞白。所谓“白”就是白字的“白”，即别字。故意运用白字，便是飞白。前边“花管清香月管阴，草‘管’人命”，也是飞白。

《巧对录》里边记载，清初苏州有一个叫韩慕庐的秀才，在某家私塾当先生时，这家主人虽然识字不多但却喜卖弄，经常要替韩慕庐上课，以炫耀自己的学问。

有一天，这家的主人替韩慕庐教学生读《礼记》中的《曲礼》一篇时，竟将“临财毋（wú）苟（gǒu）得”一句，读成了“临财母狗得”。偏偏又被一位过路的学者听见了。这位学者感到好笑，就在窗外高声吟道：

《曲礼》一篇无“母狗”。

坐在堂下的韩慕庐一听，觉得传出去有损自己的名声，就走出来答道：

《春秋》三传有公羊。

学者故意用读错的“母狗”出联，韩慕庐则以《春秋》三传（指解释《春秋》的《左传》《公羊传》《穀（gǔ）梁传》）中的《公羊传》为对，对仗工整。尤其“公羊”对“母狗”，浑然天成，极富妙趣。

学者这才知道，将“毋苟”读成“母狗”的并不是韩慕庐，而且，见韩慕庐才思这么敏捷，佩服得不得了。

9. 通俗之星

有个男孩追了一姑娘很多年了，那天，姑娘QQ发他一句话："If you do not leave,I will in life and death." 他英语不行，就找同桌翻译，同桌说："你要不离开我，我就和你同归于尽。"于是他伤心欲绝，再也没联系那姑娘。后来他英语也过六级了，才知道那是"你若不离不弃，我必生死相依"。

我希望这只是个虚拟的故事。但这个故事告诉我们，如果你用别人不懂的方式来表达，你的表达就等于零，甚至还适得其反。所以，我们要学会通俗易懂的表达，让人"明明白白我的心"。

声乐分美声唱法和通俗唱法，那么，有些对联就是"通俗唱法"。有个词语叫"明白如话"，形容诗文通俗易懂，像说白话那样让人容易接受。

一次，清朝乾隆皇帝与大臣们看戏，见戏台上缺少对联，就要求在场的大臣写一副戏台联。一位大臣很快写出：

按律吕，点破炎凉世态；

借衣冠，诠疏今古人情。

乾隆一听，觉得太文雅了，不通俗，要求再写。随后写出几副，乾隆都不满意，于是自己沉吟思索，不一会儿，他朗声吟道：

三五人可作千军万马；

但是，下联却想不出来，正焦急之中，宰相刘墉对道：

六七步便行四海五洲。

乾隆非常高兴，马上命人写好，贴于戏台两边柱上。

嗯嗯，这个是好懂多了。李澄宇先生有一戏台联，更好懂：

到什么地方，说什么话；

穿何等衣服，像何等人。

冯玉祥将军戎马一生，平时没什么架子，关心爱护士兵，与士卒共甘苦，以带子弟的心肠去带兵，被人称作"布衣将军"。可批评起人来，也绝不留情面。

有一次，冯玉祥按通知的时间下午两点去开会，可到了之后发现会场上一个人也没有，桌上倒是摆满了点心、水果、香烟之类。直到下午四时，才见汪精卫等人到来。冯玉祥很不高兴，即席题了这么一副对联：

一桌子点心，半桌子水果，哪知民间疾苦？

两点钟开会，四点钟到齐，岂是革命精神！

这副联浅显易懂，识字的都能看得明白。即使不识字的，人家读给他听，也能听得明白。

清末聂伯毂（gǔ）《联语》云：一天，一个县令与一个生员一起饮酒，说起什么事情最让人害怕，县令说没有，然后出了一上联：

天不怕，地不怕，就是老婆也不怕！

生员也说没有，并对出下联：

杀何妨，剐何妨，便临岁考又何妨！

这上下联确实都通俗易懂，细品之下，却有玄机：老婆本不是可怕的，他却放在“天不怕地不怕”之后，在县官看来，老婆比天地还可怕啊！岁考也不是多么可怕的东西，生员却将它看得比“杀”“剐”更可怕。嘴里说不怕，对对子的时候却不小心泄露了秘密，真是有趣。波老师以后也说：“天不怕，地不怕，就是写诗也不怕！”

民国初期，改用阳历，提倡男女平权，但这样的新事物难免引起争议。有人拟了一联，也特别通俗易懂：

男女平权，公说公有理，婆说婆有理；

阴阳合历，你过你的年，我过我的年。

民国时益阳一个老人，家计艰难，便在大道旁搭一厕所，既供往来客人方便，又能赚一点儿粪钱。来这儿的可不都是博学多才的学者，有些人甚至是文盲，你写个“宁疏勿壅（yōng）；吐故纳新”，也没几人看得懂，人家就是想上厕所了也不知道可以上这儿来。一位当地秀才写了一副联贴在门口，大家都懂：

请你屙一堆大粪；

让我赚两个小钱。

民国聂永晖题浏阳聂家老屋联：

富豪者莫来，难求我半个字；

穷哥们请进，不收你一分钱！

汝城城隍庙联：

站住！你背地做些什么？好大胆还来瞒我！

跪下！俺这里轻饶哪个？快回头莫去害人！

王巨农题道吾山挂剑泉观瀑亭：

数你最无聊，未经游客点头，便想将瀑布千寻，提回家挂前川壁；

是谁真放肆，不顾山神生气，竟翻动云涛万顷，钓得诗盈五彩囊。

王自成题桂林摘星亭：

天上星多，摘几颗算得什么？

念间手快，须三思归去如何。

刘人寿戏题羊年联：

羊岁来临，不许挂羊头，卖狗肉；

马年过去，岂可拍马屁，吹牛皮。

罗岚《下雪有题》：

哇！拾趣何愁风唬唬，持锹挥铲，堆个胖娃，画眼描唇，有模有样萌萌哒！

嗨！寻欢岂惧雪皑皑，唤友呼朋，打场狠仗，冲锋陷阵，无束无拘爽爽歪！

10. 典雅之星

严问樵先生会试完毕，离开京城，路经山东回乡。途中，旅费花完了。当时徐树人是泰山知府，二人未曾谋过面。严问樵无奈之际，意欲向徐府投宿。但是，怎么开口呢？“施主，贫僧自东土大唐而来，去往西天拜佛求经。可否在此借住一宿？”这是唐僧的台词，不能抢！严问樵先生也不屑于抢。他的原创台词规格高多了：

千里而来，徐孺子可容下榻；

一寒至此，严先生尚未披裘。

联语中之“徐孺子”“下榻”等，出自唐代王勃的名篇《滕王阁序》。“徐孺子”是汉代南昌高士徐稚。陈蕃任南昌太守时，在家里专门为徐孺子设了一张榻（相当现在的床）。徐孺子一来，他就把榻放下来，让徐孺子住宿，以便作长夜之谈；徐孺子一走，这张榻就悬挂起来。后来，人们就把留客住宿叫作“下榻”。

对方姓徐，严先生将他誉为博学多识、淡泊自守的徐孺子，且语气间既有尊敬又有询问。如此彬彬有礼而高贵典雅的请求，爱才好客的徐先生怎会不肯？

天气冷了，冻得慌，他也不说：“冻死我了！老板打发几件衣服咯！”而说“一寒至此，严先生尚未披裘”，而他知道聪明的徐先生自然会懂。而且，“严先生”与“披裘”，很容易让人想起那个典故：才高八斗且与皇帝交情甚好的严光先生，只愿在乡野披着羊裘钓鱼，皇帝亲自去请，他还不愿出来当官。

于是，徐树人不仅让其留宿，还赠给他一些路费和礼物。

一副典雅的对联，不仅帮助严先生投宿成功，还得到了路费和礼物，联精灵确实是很神奇啊！

但是，严先生的这副对联，可不是“通俗唱法”，而是“美声唱法”。“下榻”“披裘”的典故，“一寒至此”的优雅，让这个联精灵充满了典雅之美，成功打动了素不相识的徐先生。

那有人要问，上一节不还讲要通俗易懂吗？没错。但是，所有的表达都要看受众的接受能力的。严先生面对的是饱读诗书的徐先生，当然就不

必说得那么浅显了。这个时候，还要展示一下自己的才华，激起徐先生的爱才之心，才能达到自己的目的。

何为典雅？典雅，指文章、言辞有典据，高雅而不浅俗。何为“有典据”？就像“下榻”“披裘”一样，有故事，有来历。“雅”是指雅致，不浅俗，也是一种非常重要的美，像皎洁的月亮，让万物瞬间笼上一层神秘美丽的光辉。“泪水”浅俗，“鲛珠”雅致；“青山”浅俗，“翠微”雅致；“哇！一个美女！”浅俗，“有美一人”雅致。

胡静怡先生题长沙火宫殿牌坊联：

谁携太白来耶？金谷宴芳园，春夜羽觞（shāng）宜醉月；

休问季鹰归未，火宫罗美食，秋风鲈脍（lú kuài）不思乡。

上联用的是李白《春夜宴桃李园序》“开琼筵以坐花，飞羽觞而醉月。不有佳咏，何伸雅怀？如诗不成，罚依金谷酒数”的典故；下联的季鹰是指西晋文学家张翰，他在秋风起时，想到家乡鲈鱼正肥，连官都不做了要回家吃鱼——这一点波老师甘拜下风，我还是先得工作，赚到钱才能买鱼吃。这联借这两个典故，赞扬火宫殿有酒有美食，令像李白那样的人沉醉，使像张翰那样的人不思乡。

运用典故可不单单是为了显得“高大上”——

鲁晓川先生题贵州松桃县武装部大院凉亭：

好借一亭看细柳；

何辞片石筑长城。

这里边，细柳也是有典故的——

那天，汉文帝亲自去慰劳军队。到了霸上和棘门的军营，长驱直入，将军及其属下都骑着马迎送。接着，皇上的先行引导人员到了细柳营前，说：“皇上即将驾到。”

镇守军营的将官却回答：“将军有令：‘军中只听从将军的命令，不听从天子的诏令。’”

过了一会儿，皇上驾到，镇守军营的人还是不让皇上进军营。

于是皇上派使者拿了天子的符节去告诉将军周亚夫：“我要进营慰劳军队。”

周亚夫将军这才传令打开军营大门。

门是打开了。但是，守卫营门的官兵对跟从皇上的武官说：“将军规定，军营中不准纵马奔驰。”于是皇上就放松了缰绳，让马慢慢行走。

到了大营，将军周亚夫拿着武器拱手行礼，并说：“穿戴盔甲的将士是不能行跪拜礼的，请允许我以军礼参见。”

皇上神情严肃地俯身靠在车前横木上，派人致意说：“皇帝敬重地慰劳将军。”劳军礼仪完毕后辞去。

出了细柳军营的大门，文帝说：“这才是真正的将军！先前霸上、棘门的军营，简直就像儿戏一样！敌人很容易混进去或者偷袭。而周亚夫的军营，谁能够侵犯呢？”

熟悉这个典故的人，马上就能从“细柳”二字里边读到很多东西：比如武装部的作用，比如希望武装部的人都能像周亚夫细柳营里的人一样……反正，这两个字就包含了很多意思，胜过啰哩啰嗦的长篇大论。

西施媚：

熊东遨《题七星公园湖心亭》：

一岛卧湖心，四面清波，最宜越女浣纱，子陵垂钓；

小亭当道口，长空皓月，端合吕仙醉酒，太白吟诗。

越女浣纱是指西施在水边浣纱的故事，子陵垂钓是指严子陵（就是前边的严光，字子陵）先生不愿当官只愿在水边钓鱼的故事，吕仙醉酒是吕洞宾在洞庭湖边醉酒的故事，太白吟诗是李白“斗酒诗百篇”的故事。

吕可夫《题洞庭秋月（潇湘古八景之一）》：

二三更水白螺青，放棹（zhào）归来，秋月一船波洗净；

八百里风平浪静，登楼俯仰，湖光万顷镜铺开。

看见“湖光”“秋月”“螺青”等字，你是不是就想起了刘禹锡的《望洞庭》：“湖光秋月两相和，潭面无风镜未磨；遥望洞庭山水色，白银盘里一青螺。”这也是用典。除了这，“镜铺开（李白‘淡扫明湖开玉镜’）”等处也是用典。

金锐《题函谷关》：

雄关延八百重，山势崔嵬，紫气彤云招隐士；

往事越三千载，河涛奔涌，青牛白马访仙翁。

联中的“紫气”“青牛”都出自老子骑青牛过函谷关的故事：周王室内乱，各诸侯国热衷于权力争夺，战争频繁，民不聊生，老子无心做官，辞官西行。经过函谷关时，把守的关令尹（yǐn）喜是个善观天象的人，他看见一团紫气从东方飘来，认为必有圣人来到，赶忙迎接。果然有一位老人骑着青牛徐徐走来，这就是老子。尹喜款待老子数日，请他著述，老子推辞不掉，于是留下了著名的《道德经》。另外，“延”“越”“崔嵬”等词的使用，使整联高雅脱俗，仙气逼人。

11. 创新之星

有一位老先生，每年辞旧迎新的时候都要写个“一元复始；万象更新”的春联。那一年，他写的时候，旁边一人说话了：“年年写‘万象更（gēng）新’，换一个嘛！”

老先生说：“那换什么呢？”

这人说：“万象 gèng 新嘛！”

老先生先是点点头，忽然眼睛一瞪：“你这个鬼崽子！这不还是一样嘛！”

哈哈哈哈！大家都知道，“更”是多音字，有时候读“gēng”，有时候读“gèng”。“万象（gèng）新”和“万象（gēng）新”读音不同，写出来还是一样！这人可真逗！不过，不管是“万象（gēng）新”还是“万象（gèng）新”，都说明，我们需要不断创新，连“万象更新”都要“更新”一下才好。

联精灵可是喜欢新东西噢！前边说过，楹联出身于“桃符”。辞旧迎新之际，人们把“神荼”“郁垒”两位大神的画像或名字写在两条桃木上，挂在大门两侧，驱邪避鬼。公元 963 年除夕，后蜀皇帝孟昶（chǎng）看不惯当时的桃符，下令今年桃符不画符也不写两位大神的名字，而是写两句吉祥话以贺新春，便在桃木板上写下“新年纳余庆；嘉节号长春”。这整齐的两句吉祥话，被很多楹联研究的学者称为最早的对联。你看看，联精灵的诞生，本身就是一种“更新”。郑板桥先生又用联精灵“删繁就简三秋树；领异标新二月花”告诉弟子韩镐，希望他的文章能“更新”。

大家都知道，刘禹锡把君山比作“白银盘里一青螺”，然后很多人只要写到君山就上“青螺”，一写君山就上“青螺”，我觉得就是做成我最喜欢吃的“嗍螺”我也吃厌了。

2008 年，北京奥运圣火在全国 116 个城市传递。中国楹联学会主办了“百城迎圣火”海内外征联，获得一等奖的胡静怡先生的《岳阳迎圣火》联也写到君山：

岳阳楼上望君山，万顷波涛，托起一方中国印；

青草湖边传圣火，一堤杨柳，抖开万树五环旗。

他没有再端出一盘“青螺”，而是把它比作北京奥运之图腾——中国印。哼哼哈嘿，我喜欢！

“昭君出塞”的故事大家都知道，也有很多歌颂王昭君的诗文，曲景双先生却与那些歌颂王昭君的诗文意见不一致，他的《题王昭君》这么说：

骚情何必多，比大漠中原，小女子自知冷暖；

颂论直须少，使高居远定，上将军岂让琵琶。

他也不说不该歌颂王昭君，但觉得不能把她的功绩置于卫青、霍去病等铁血男儿之上！嗯——我也不说他说得对，但是我喜欢他跟别人说的不一样。

人们都说神仙好，似乎神仙就是天天快快乐乐的，李晓娴女士却不这么认为，她在《七夕》联里这么说：

世不解神仙亦苦，风露千秋，尚有愁哀传鹊尾；

天若怜儿女多情，河梁一线，莫分涕泪到人间。

是啊！一年才能见匆匆一次自己的爱人，身为神仙的织女过的并不是“神仙日子”，她心里的愁苦都传到喜鹊的尾巴上了。嗯嗯！你说得对！以后我再也不说神仙日子好过了。

岑参的诗句“忽如一夜春风来，千树万树梨花开”被广为传颂。黄琳先生题梨花谷联，却反其意而用之，新颖而鲜活：

四围山色争春色；

一谷梨花胜雪花。

民国时期许九成先生六十岁生日的时候，自己撰了一联：

以后除非书读我；

而今始觉墨磨人。

我们见过的大多文人，都是写爱读书，如左光斗先生的“风云三尺剑；花鸟一床书”，如俞樾先生的“仙到应迷，有帘幕几重，阑干几曲；客来不速，看落叶满屋，奇书满床”。他或许是读得累了想歇一下，或是觉得写自己爱读书不够谦虚……反正，他就如一个调皮的小孩：“什么？要我读书？‘书读我’还差不多！”其实，许先生说是这么说，肯定是爱读书的，不然也写不出这样好的对联来。而且，若是真不喜欢书，是连“书读我”的机会也不会给的。我怎么从这里嗅出一丝丝撒娇的味道：“我读累了，歇一下。书，你来读我吧！”还有，我觉得他在抄袭我的“我什么也没做，都是蛋糕的错，是它自己跑我嘴里来的”。

还有，那个“墨磨人”，我们只知道“人磨墨”，当然，我们也常听说“磨人”一词，是指什么事物喜欢纠缠着你，老是来找你。就如你家养的小狗，是不是喜欢没事就在你旁边摇尾巴、跳啊跳，或者用两只小脚抱住你的腿，小嘴还要不停地触碰你，挺“磨人”的。但是，这种“磨人”，让你嘴上埋怨，心中却甚是欢喜，因为这说明小狗狗非常爱你，希望你陪它玩。在许先生这里，“墨”就是这“磨人”的小狗，它缠着他，让他写字、画画什么的，许先生虽然嘴上说它“磨人”，其实内心是欢喜的。若是真不喜欢，恐怕也不会给机会让它“磨”的。

这联不仅新颖别致，还把许先生对书、对墨那种“嘴上说不喜欢，其实挺喜欢”的爱表达得非常到位，这位许先生真是一个老顽童，鉴定完毕！

除了立意上的创新，词句上也可以创新。

邵阳市中山公园有这么一联：

握月担风，吞花卧酒；

听书读画，吃墨看茶。

我估计你们考试卷上如果这样用动词，大部分会被打“×”的。但是，这联放在这里，你大吃一惊之后再细细去品，会越品越有味的。

杜甫《秋兴八首》中第八首的颔联，读上去也有点儿怪怪的。

香稻啄馀鹦鹉粒；

碧梧栖老凤凰枝。

它其实本应该是“鹦鹉啄馀香稻粒，凤凰栖老碧梧枝”。杜甫刻意让它们这样排列，这是文学中的“陌生化”，以一种新的视角或方式来使表达之物更有新意，引起人的再触动与再思考。

第四章　那就玩一玩

1. 对一对

民国时期，清华大学举行入学考试，国文这科，出题者陈寅恪先生出了个对对子的题目，出句是：

孙行者；

阅卷的时候，陈先生发现不少考生对的是“猪八戒”之类完全不合要求的人名，但也有“祖冲之”“王引之”等还算合格的下联。只有一个答案让他大喜过望，这个答案是：

胡适之。

胡适之就是著名学者胡适先生，“适之”是他的表字。“胡”“孙”都是姓，还可以理解为谐音的“猢”“狲”。“胡”又可以表示疑问。“适”是“往、到、去”的意思，当然可以对“行”。“之”对“者”，虚词对虚词。胡适先生提倡白话文，黄侃先生调侃说：“你要是真心实意提倡白话文，就不应该名叫‘胡适’，而应该名叫‘到哪里去’。”

对出这个下联的考生，就是后来成为著名的语言学家的周祖谟。

不过，陈寅恪用对联来招生的方式引起了不小的争议，因为当时正提倡白话文，陈寅恪先生又在这边倡导学习传统的对对联的技巧，似乎在“开倒车”。陈寅恪说，对对子其实也只是国文学习的一个途径和方式罢了，这里面包含着学生对词性和词意的理解和运用，对于学习国文是很有帮助的。

也确实如此。所以，古时候的学堂里，对对子是必须的功课。所以，民间也流传着很多小孩子对对子的故事。

有一次，老师让戴大宾对对子。老师出句说：

月圆；

戴大宾对曰：

风扁。

老师问："风无形无质，怎么是扁的呢？"

戴大宾答："风见缝就钻，可不是扁的么？"

老师听了，觉得有趣，又出句道：

凤鸣。

戴大宾对答：

牛舞；

老师又诧异地问："牛怎么会舞？"

戴大宾说："《尚书·益稷》上说：'击石拊石，百兽率舞。'牛不也在百兽之中吗？"

临武水东某戏台有一联：

水如碧玉山如黛；

云想衣裳花想容。

据说，此联下言为清代著名文学家方婺（wù）如所对。方先生晚年卧病在床，已是弥留之际，他的弟子们前来探望，其中有二人在旁边低声议论"有句成诗'水如碧玉山如黛'，不知如何才对得上"，谁知方先生竟然听到了，奋力睁开眼睛，低声道："可对'云想衣裳花想容'。"说完就去世了。世人称方婺如为"联痴"。

对对子就这么好玩吗？临死时还要"奋力"来对。怎么说呢？有些妙处是无法用言语来形容的，你试着对对就知道了。

也许你会说："试着对对就知道了？对联那么难？又要对仗，又要平仄的，还不能这样，不能那样，你开什么玩笑？"

你说难，可以问问下边这些人同意不同意：

白居易（字乐天）十岁生日那天，舅父出对联考他："**曹子建七步成诗**"。

白居易默然不语，舅父以为他答不上来，便笑道："神童神童，今日成虫。"

白居易笑道："我不是已经对上了吗？"

舅父一脸茫然，道：“对上了？你怎么对上了？”

白居易道：“下联就是‘**白乐天一时无对**’。”

他不说话都可以对。

明成祖朱棣（dì）在书籍中发现一个对题，虽然只有“色难”两个字，却百思不得对句。“**色难**”一语，出自《论语·为政》：“子夏问孝，子曰：‘色难。有事，弟子服其劳；有酒食，先生馔（zhuàn），曾是以为孝乎？’”意思是：“最不容易的是对父母和颜悦色。仅仅有了事情，子女替父母去做，有了酒饭，先让父母品尝，这难道就是孝吗？”

于是宣对联高手解缙到上书房觐见，问他怎么对。

解缙脱口而出：“**容易**。”

明成祖听说容易，就满怀期待地等着解缙的下文。

等了半天，不见解缙说话，就问道：“解爱卿，你口头说容易，倒是说出来啊！”

解缙狡黠（xiá）地笑笑：“我不是对出来了吗？我对的就是‘容易’啊！”

明成祖一想，恍然大悟，解缙巧借“容”为容貌之意，与“色”（脸色）来对，“易”与“难”则是一对反义词，简直绝了。

说句“容易”就对上了。

一天，某塾师要学生背杜甫的《闻官军收河南河北》一诗，学生背到“**即从巴峡穿巫峡**”突然卡壳。等了一会儿还背不出来，先生举起戒尺准备打学生手心。学生这一吓，忽然蹦出一句：“**不许先生打学生**”。

先生一听，这话恰恰和“即从巴峡穿巫峡”，凑成一副有趣的对联，不由得笑了，也就饶了这机灵鬼，不再打他的手心，当然，诗还是要接着背的。

说对联难。这个背不出诗词的小孩也不同意。

所以，对对联真的是很容易的一件事，而且特别好玩，你玩着玩着就会上瘾，看到什么都想着对对子。

当然，我们先得从容易的开始。你也许不知道，我们平时做过的“找反义词”“近义词”的题，其实也可以看成是在对“一字对”“二字对”噢！

我们中国真是一个对联的国度，连词语里都有“对子”的噢。

比如：“天地”，“天”对“地”正好，一个词语里边就包含了“天”“地”这样的“小对子”。“桃李”，“桃”可以对“李”，一个词语里就包含了“桃”“李”这样的“小对子”。

“鸡飞狗跳”，“鸡飞”正好对“狗跳”，“鸡”与“狗”，动物对动物；“飞”对“跳”，动词对动词。一个成语里就含了个“小对子”。“眉清目秀”，“眉清”正好对“目秀”，“眉”对“目”，人体器官对人体器官，“清”对“秀”，形容词对形容词。一个成语里就含了个“小对子”。

我们以后看到一个词语的时候，除了了解它的意思，还可以看一看它是不是个“小对子”。这样子做多了，对我们对对子是非常有好处的噢！

除了判断一个词语本身是不是个“小对子”，我们还可以给一个词语去找一个“小对子”。看到一个词语，可以想一想，有什么和它形成“小对子”的词语没有。这样也挺好玩的呢！波老师现在已经入迷了：坐朋友的车，导航说“掉头”，我就要给它对个“丢脸”；看见齐白石的画，就给“齐白石”对个“赛金花”；出门看到个“低价疏通”的小广告，我就要对个“高薪聘请”；看到成语“天马行空”，我就要给它对个“泥牛入海”……

练习多了这样的“小对子”，慢慢我们就能对出真正的好对句来。不要轻视了对别人的出句，有时候“合作”出来的联，也是非常不错的。我们听说的很多对联故事，就都是“对一对”合作出来的噢。最经典的合作，也许是这个了。

有一天，一场风雨之后，词人晏殊看到飘零的落花，一句“无可奈何花落去”脱口而出。但他却怎么也想不出下联。几年后，晏殊出差路过扬州，与江都主簿（bù）王琪吃饭时说起此事。王琪沉吟片刻，突然一拍桌子：“何不对以‘似曾相识燕归来’。”晏殊拍案叫绝，当下用这联即席赋成一首《浣溪沙》（《浣溪沙》一般要求下片的前两句对仗的）：

一曲新词酒一杯，去年天气旧亭台。夕阳西下几时回？

无可奈何花落去，似曾相识燕归来。小园香径独徘徊。

同样词牌的作品有很多，但这可以说是最有名的一首《浣溪沙》了。而它居然是从“对一对”的故事开始的，是不是很奇妙？

练功房：

1. 在对联里的空白处填上合适的词语。

①博古通今，无声润物；

怀才抱德，（ ）志凌云。（黄波题博才云时代小学）

你会在括号里填上什么字？“有”！对啊！“无”对“有”，这就是我们做的找反义词的题啊。

②沉（ ）宦海如鸥鸟；

生（ ）书丛似蠹（dù）虫。（纪晓岚自挽联）

上联的括号里可填“浮”，“沉”对“浮”；下联的括号里可填“死”，“生”对“死”，这就是我们做的找反义词的题啊。

③人从宋后羞名桧；

我到坟前（ ）姓秦。

你会在括号里填上什么字？“愧”！“羞”对“愧”，这就是我们做的找近义词的题啊。

④近小人，远君子，难免小人见长；

（ ）君子，（ ）小人，自然君子日多。

第一个括号里可填“亲”，“亲”“近”是一对近义词；第二个括号里可填“疏”，“疏”“远”也是一对近义词。所以啊，我们平时做的那些找近义词的题，对我们对对子也是很有帮助的噢！

2. 判断。词语本身就是个“小对子”的打“√”。

鬼神（ ） 桃子（ ） 是非（ ） 风雪（ ） 鹰犬（ ）

打倒（ ） 高矮（ ） 花鸟（ ） 烟火（ ） 吉凶（ ）

山青水秀（ ） 南来北往（ ） 虎头蛇尾（ ）

不可一世（ ） 狼吞虎咽（ ） 眉开眼笑（ ）

参考答案：

鬼神（√） 桃子（ ） 是非（√） 风雪（√） 鹰犬（√）

打倒（ ） 高矮（√） 花鸟（√） 烟火（√） 吉凶（√）

山青水秀（√ ） 南来北往（√ ） 虎头蛇尾（√ ）

不可一世（ ） 狼吞虎咽（√ ） 眉开眼笑（√ ）

3. 给下列词语选择合适的“对句”。

①雪中送炭（ ）

A. 守株待兔 B. 锦上添花 C. 求同存异。

②鸡冠花 （ ）

A. 仙鹤草 B. 含羞草 C. 狗尾草。

参考答案：① B ② C

2. 查一查

对是对出来了，我们还要学会自己检查看对得合不合格，不能等别人来帮你检查。如果我们将来写出对联挂在公共场合以后，却被人指出“这儿不符合格律！那儿不符合要求！”，多难为情啊！不仅丢自己的脸，还丢请你写对联的人的脸。所以，我们一定要学会自己检查对联合格不合格，自己当“质量监督员”。

怎么查呢?

我们可以把对联的六要素列出来，一条条比对，看有没有符合要求，还要看看有没有犯“不规则重字”“尾三平”“尾三仄”“合掌”等禁忌，如果既满足对联六要素的要求，又没有犯禁忌，那就算合格了。（为了方便大家使用，老师制作了一个《对联格律检测表》。）

对联格律检测表

注：做到就在对应的格子里打“√”，有问题就写在对应的格子里。

格律要求		要检测的对联	检测结果
1. 要字数相等。			
2. 要平仄相谐。	仄起平收；		
	平仄交替；		
	平仄相对。		
3. 要词性相当。			
4. 要结构相应。			
5. 要节奏相同。			
6. 要意义相关。			
7. 不可以“不规则重字”。			
8. 不可以“尾三仄”“尾三平”。			
9. 不可以“合掌”。			

我们左手拿着要检查质量的对联，右手拿着《对联格律检测表》，一条一条比对，按要求做了就打个“√”，全部是“√”，就合格了，没有打“√”的话，就把那个地方修改好，争取合格。

前一阵子，波老师为一户人家写对联，这户人家男主人是公务员，女主人是教师，波老师绞尽脑汁，终于“挤”出了这么一副对联：

满腹经纶昌古国；

一身光彩照新苗。

合格不合格呢？自己先检查一下。

对联格律检测表

注：做到就在对应的格子里打“√”，有问题就写在对应的格子里。

<table>
<tr><td colspan="2">格律要求</td><td>要检测的对联</td><td>检测结果</td></tr>
<tr><td colspan="2">1. 要字数相等。</td><td>满腹经纶昌古国；（7）
一身光彩照新苗。（7）
上联七个字，下联七个字，字数相等。</td><td>√</td></tr>
<tr><td rowspan="3">2. 要平仄相谐。</td><td>仄起平收；</td><td>满腹经纶昌古国；（仄）
一身光彩照新苗。（平）
上联“国”收尾，仄声；下联“苗”收尾，平声。</td><td>√</td></tr>
<tr><td>平仄交替；</td><td>满腹（仄）经纶（平）昌古（仄）国；
一身（平）光彩（仄）照新（平）苗。
上联第二字</td><td>√</td></tr>
<tr><td>平仄相对。</td><td>满腹（仄）经纶（平）昌古（仄）国；
一身（平）光彩（仄）照新（平）苗。</td><td>√</td></tr>
<tr><td colspan="2">3. 要词性相当。</td><td><table><tr><td>满腹</td><td>经纶</td><td>昌</td><td>古国</td></tr><tr><td>名词</td><td>名词</td><td>动词</td><td>名词</td></tr><tr><td>一身</td><td>光彩</td><td>照</td><td>新苗</td></tr><tr><td>名词</td><td>名词</td><td>动词</td><td>名词</td></tr><tr><td>√</td><td>√</td><td>√</td><td>√</td></tr></table></td><td>√</td></tr>
<tr><td colspan="2">4. 要结构相应</td><td><table><tr><td>满腹</td><td>经纶</td><td>昌古国</td></tr><tr><td>偏正结构</td><td>并列结构</td><td>动宾结构</td></tr><tr><td>一身</td><td>光彩</td><td>照新苗</td></tr><tr><td>偏正结构</td><td>并列结构</td><td>动宾结构</td></tr><tr><td>√</td><td>√</td><td>√</td></tr></table></td><td>√</td></tr>
<tr><td colspan="2">5. 要节奏相同。</td><td>满腹／经纶／昌／古国；
一身／光彩／照／新苗。</td><td>√</td></tr>
<tr><td colspan="2">6. 要意义相关。</td><td>上联写男主人身为公务员，用满腹的才华为国家操劳，下联写女主人用一身的光彩照耀祖国的新苗，意义相关。</td><td>√</td></tr>
<tr><td colspan="2">7. 不可以“不规则重字”。</td><td>满腹经纶昌古国；
一身光彩照新苗。</td><td>√</td></tr>
<tr><td colspan="2">8. 不可以“尾三仄”“尾三平”。</td><td>……昌（平）古（仄）国（仄）；
……照（仄）新（平）苗（平）。</td><td>√</td></tr>
</table>

9. 不可以“合掌”。	上联写男主人身为公务员，用满腹的才华为国家操劳，下联写女主人用一身的光彩照耀祖国的新苗，上联写男主人，下联写女主人，上联着眼于现在，下联着眼于未来，没有合掌。	√

这样子检查后，每一条都符合要求了，我们的对联就合格了。

3. 破一破

波老师在南郊公园闲逛，发了个朋友圈：

“亭子里有人拉二胡，鸟儿似乎叫得更欢快了，遂冒出个‘鸟随丝乐乐’的上联，然后，苦思不得下联，虽然对对子，‘我比外行行’。”

朋友们就在评论里对上了，“风逐水粼粼”“鱼伴影悠悠”等。乍一看，没毛病。两个对句的意境也很美。

可是他们没注意到，我的上联有个小秘密，它不读“鸟随丝乐乐（lè lè）”，而是“鸟随丝乐（yuè）乐（lè）”，看上去是两个相同的字，但不是叠词。上联的意思就是鸟儿随着丝乐而欢乐起来。所以，朋友用叠词“粼粼”、“悠悠”来对，实际上是不合适的。

所以，对对子，除了第二章讲过的“词性对品”“结构对应”“节律对拍”等之外，还要看懂出句中有什么“机关”。“机关”，就是“秘密”的意思。《从百草园到三味书屋》里写美女蛇的时候就有“老和尚识破了机关”。这个“关”过了，才算是真正的好对句。既然是秘密，出对者一般不会说出来，要对对子的人自己去观察，并且在对句的时候也做到了这点，才算高明。就像这个故事中一样，老师若是一早就提醒大家“那里有个多音字”，就无趣了。

有细心的朋友发现，波老师嘴里说“苦思不得下联”，其实自己已经对了一个下联，虽然算不上好，但是“识破了机关”，那就是那句“我比外行（háng）行（xíng）”。第一个是“外行（háng）”的“行”，第二个是“真行（xíng）、还行”的“行”，是“好、可以”的意思。下联的意思是说“我的水平比外行好（一点儿）”。也用了多音字的两个不同的音，“外行”也是偏正结构的名词。

除了多音字这种“机关”，还有同音字的：

饥鸡盗稻童筒打；

“饥”“鸡”同音，“盗”“稻”同音，“童”“筒”音近。

对出的下联也必须前边三组都是同音字。如：

暑鼠凉梁客咳惊。

“暑”“鼠”同音，“凉”“梁”同音，“客”“咳”音近，非常难得。

除了字音的机关，还有字形的机关：

此木为柴，山山出。

仔细一观察，我们就会发现“此”“木”合为“柴”，“山”“山”合为“出”，不是简简单单词性对品等能解决的问题。

有人对出了：

因火成烟，夕夕多。

“因”“火”合成“烟”，“夕”“夕”合成“多”，字形机关上的问题解决了，可惜“木”“火”与“柴”“烟”没有做到平仄相对。但能对成这样已经很不错了。说不定你们能对出更好的下联呢!

传说有一次江南科考，两名举子不分上下，乾隆以“烟锁池塘柳”为出句让他们对对子。一名举子一见当场调头就走，另一名想了半天只好悻悻而去。乾隆于是御点先走的为第一。众臣问其故，乾隆说：“此联可称绝对，能一见断定者必高才也。”为什么“此联可称绝对”，因为上联五字的偏旁分别是“火、金、水、土、木”五行。

除了字音、字形的机关，还有字义的机关。

熊东遨先生有次出了个上联：

夹竹桃开红间白。

这个看似简单的七言短联也不简单，“夹”是动词，“竹”“桃”“夹竹桃”都是植物，但夹竹桃既不是竹也不是桃，要找到一个具有这样特点的名词还真不是一般的难。

我开始找了“无花果”“牧羊犬”等名词，但“无花果”毕竟是果，“牧羊犬”毕竟是犬，都不能完全破了这机关。

后来，我忽然想起个“流星雨”，这个好，“星”“雨”和“流星雨”都是天文现象，但流星雨不是星（流星是分布在星际空间的细小物体和尘粒，叫作流星体。它们飞入地球大气层，跟大气摩擦发生热和光，这种现象叫流星）也不是真正的雨（雨是从云层中降落的水滴，流星雨显然不是云层中降落的水滴）。

于是，我终于对出了个合格的下联。

流星雨下暗还明。

有一次，波老师到一个叫空灵岸的地方游玩，忽然想出一个出句：

空灵岸上悟空灵。

看上去似乎很简单，其实除了有两个"空灵"之外，还有一个机关，让这个出句增加了很大的难度。用你的火眼金睛看看，机关在哪？对了！第五字和第六字合起来是我们非常熟悉的西游人物"悟空"，下联也要有一个这样的人名才行。所以，有朋友说"你把那个'悟'字换了我就试试看。"可见这个机关还真不可小瞧。

还有几种机关混合的：

宁乡王文清先生，雍正进士，曾主讲岳麓书院。有次路过宝庆（今邵阳），遇一民女，求一杯水喝。进屋落座寒暄，民女知先生自长沙来，便求赐对，否则无茶奉上。出句云：

棉花纺出长纱（沙），可防寒露；

王文清一听，这杯茶不容易喝！既谐音地名长沙，有"音"的机关，又明嵌节令寒露，有"义"的机关。

但进士毕竟是进士，稍加思索，便对了出来：

生铁铸成宝罄（qìng），响得清明。

宝罄谐音宝庆；清明也是一节令，把上联的机关都破了。

练功房：

从下面的选项里找出识破了机关的对句：

1. 出句：踢破磊桥三块石。 （ ）

对句 A. 摘来后院两枝花。 B. 剪开出字两重山。

2. 出句：湛江港清波滚滚。 （ ）

对句：A. 长沙城喜气洋洋。 B. 渤海湾浊浪滔滔。

3. 出句：枸杞树旁无狗起。 （ ）

对句：A 鸡冠花下有猫藏。 B. 元宵节里怎缘消？

参考答案：1.B. 上联第三字"磊"正是由"三块石"组成，对句 B 第三字"出"字由"两重山"构成。2.B. 七个字的偏旁全是"氵"。对句 B 全偏旁是"氵"。3.B. 出句中"枸杞"与"狗起"同音，对句 A 虽然对得上，但是没有识破这机关，对句 B 既对上了，也做到了"元宵"与"缘消"同音。

4. 摘一摘

苏州拙政园荷风四面亭座落园西南部池中小岛，四面皆水，湖内莲花亭亭净植，湖岸柳枝丝丝婆娑，亭单檐六角，四面通透。上有一联云：

蝉噪林愈静；

鸟鸣山更幽。（文征明）

有人也许要问了："这不是王籍《入若耶溪》中的句子吗？怎么变成文征明的了？真不要脸！"

这位同学稍安勿躁，这确实是王籍《入若耶溪》中的句子："艅艎何泛泛，空水共悠悠。阴霞生远岫，阳景逐回流。蝉噪林逾静，鸟鸣山更幽。此地动归念，长年悲倦游。"联家把它直接"拿"过来用了。

有句玩笑话叫"外国有个加拿大，中国有个大家拿"，讽刺一些乱"拿"的现象。直接"拿"走别人的东西，确实是不好的行为，但是，联精灵如果"拿"得好，那就不叫"拿"，叫"摘"，这样创作出来的联叫摘句联——直接从同一篇目作品中摘取的对偶句形成的对联，就像直接从树上摘果子一样，所以谓之曰"摘句联"。画家张大千先生曾亲笔题写一联赠画家方召麐女士："二三星斗胸前落，十万峰峦脚底青。"这也是一摘句联，摘自常建极的《登泰山绝顶》诗。

所以，只要你脑袋里的资源够用，当你需要一副对联的时候，你可以从诗、词、赋等里边直接找两句切题的"对仗"句子，撰一摘句联。比如摘了"水光潋滟晴方好；山色空蒙雨亦奇"挂在西湖；摘了"众鸟高飞尽；孤云独去闲"挂在敬亭山；摘了"野旷天低树；江清月近人"挂在建德江……

当然，摘也是有规矩的。

一是要切题。你可以摘了"一水护田将绿绕；两山排闼送青来"挂在青山绿水的乡村但不能挂在高楼林立的城市；你可以摘了"气蒸云梦泽；波撼岳阳城"挂在岳阳但不能挂在新疆……

二是要保证这是一副联。"摘句联""摘句联"，是"摘"的，为了保留作品原貌，格律从宽，当然说得过去。但是别忘了"摘句联"的关键词仍是"联"，你要"摘"可以，但你得摘"联"。像湖南岳阳楼门联这种“摘句联”，就有争议了：

洞庭天下水；

岳阳天下楼。

前边虽然说过，对联允许“同位重字”。但只能是实在找不到相同词替换的虚词才可以同位重字，如“之”“而”之类。但这里的“天下”无疑是个实词。

摘句联的格律是可以从宽，但“宽”也是有边界的。律诗八句，分“首联”“颔联”“颈联”“尾联”，其中的“颔联（三四句）”“颈联（五六句）”要求对仗，肯定是联，你去摘联肯定没错。但律诗的“首联”“尾联”，虽然名称里有个“联”字，但不一定是联（当然也可以是联），不能乱摘。绝句和其他诗词里的两句就更不一定是联了，不可以随意摘来当作“联”用。

魏元贞的这两句诗不是对联，不可以摘来当作对联用。好比你刚到一个学校，定制的校服还没出来，但是有个活动又要求你必须穿校服，你当然可以找原来在这所学校读书的人去借。但他必须借你需要的校服给你，而不能随便拿套衣服给你，是不是？

摘联的时候，如果觉得哪里不太切合实际情况，就可以改一改，改成适合的，这倒是可以的。如清代浏阳县署的楹柱联是王闿运先生题的：

青山横北郭；

绿水绕东城。

眼尖的同学肯定马上反应过来了，这就是把李白《送友人》中“青山横北郭，白水绕东城”的“白”字改成了“绿”字。或许那天题联的时候，王闿运先生看到青山绿水绕着浏阳城，马上想到了这两句诗。但是，那水是碧绿的，不是白色的，不能睁着眼睛说瞎话，那就改成“绿水”吧！

当然，有时候的改动，可能仅仅因为个人的喜好。

沈阳故宫衍庆宫有一联：

水能性淡为吾友；

竹解心虚是我师。

这副联是“一代文宗”阮元题的，是从唐代诗人白居易《池上竹下作》中的句子改过来的。原句为“水能性淡为吾友，竹解心虚即我师。”意思是，水“性淡”，堪为我的益友；竹“心虚”，堪为我的良师。这里，只

把“即”改成了“是”，其实“是”和“即”是一个意思。阮元改一下，或许是他习惯用“是”？也或许是他认为“是”字读起来响亮一点儿吧？因为对联也是音韵的艺术。

不过，改联的时候，我们还是要尽量做到“按规矩出牌”，不可随心所欲，也不可“捡了芝麻丢了西瓜”。

长篇小说《红岩》第十六章关于“狱中联欢”那部分，就有一副改来的联：满园春色关不住，一枝红杏出墙来。

这联出自叶绍翁的《游园不值》，原句是“春色满园关不住，一枝红杏出墙来”。这是一首七绝，对对仗并没有要求，所以里边也没有现成的联可以摘。作者还是稍微有一点点对联知识的，能够发现“春色”对不起“一枝”“满园”对不起“杏花”，而且知道把它们的位置挪一挪来解决这个问题。可惜的是顾此失彼，这一挪，平仄就不太对了，上联第二字“园”和下联第二字“枝”，都是平声，平仄失对；上联第四字“色”和下联第四字“杏”都是仄声，平仄失对。

其实，这联如果不改，还可以看成“交错对”，让“满园”与“一枝”来对；“春色”与“红杏”来对，而且平仄也没有问题，不必多此一举。

当然，我们刚刚研究的还只是前边四个字的问题，后边“关不住”对“出墙来”，也还是不怎么说得通。只能说，选择材料的时候就没有选得好。虽然《联律通则》中明确规定“巧对、趣对、借对、摘句对、集句对等允许不受典型对式的严格限制”，但还是不要太离谱才好。所以，即使是拿现成的句子来改成对联，也是需要很多对联知识才能改好的。如果你真喜欢联精灵，就一定要好好学噢！

我们在初学阶段偶尔写几副摘句联没关系，锻炼锻炼我们选择合适对仗句子为主题服务的能力，但是不能把这当成对联创作的主要方法甚至唯一方法。因为创作最终还是要有自己的思想，专门拿别人的东西来用，终究是不太好的。

练功房：

一、下边的句子是不是“对子”？能不能摘？是的画“√”，不是的画“×”：

1. 青鸟不传云外信，丁香空结雨中愁。（ ）

2. 野旷天低树，江清月近人。（ ）

3. 黑云翻墨未遮山，白雨跳珠乱入船。（ ）

4. 七八个星天外，两三点雨山前。（ ）

5. 青箬笠，绿蓑衣。（ ）

6. 五岭逶迤腾细浪，乌蒙磅礴走泥丸。（ ）

7. 放鹤去寻三岛客；任人来看四时花。（ ）

8. 一水护田将绿绕，两山排闼送青来。（ ）

9. 无情未必真豪杰，怜子如何不丈夫。（ ）

10. 有理走遍天下，无理寸步难行。（ ）

参考答案：

1.（√）；2.（√）；3.（×）因为“山”和“船”都是平声；4.（√）；5.（√）；6.（√）；7.（√）；8.（√）；9.（√）；10.（×）因为不规则重复“理”字，还因为“走遍天下”与“寸步难行”不对仗。

二、选一选。

朋友在山间建了一座平房，你能为他的书房摘一副合适的对联吗？（ ）

A. 水光潋滟晴方好，山色空蒙雨亦奇。（宋·苏轼《饮湖上初晴后雨》）

B. 欲穷千里目，更上一层楼。（唐·王之涣《登鹳雀楼》）

C. 闲门向山路，深柳读书堂。（唐·刘昚（shèn）虚《阙题》）

参考答案：C。

5. 集一集

画家周漾澜先生带着画友成五一拜访胡六皆先生，想为朋友求胡六皆先生一幅墨宝。问清对方的名字后，胡六皆先生不紧不慢地写出一联：

五更晓色来书幌（huǎng）；

一片冰心在玉壶。

周漾澜先生说："'五更晓色来书幌'，苏东坡的句子；'一片冰心在玉壶'，王昌龄的句子。这两句话我都熟悉啊，我怎么就不会集成一副嵌名联呢？"

"咳咳，差距就在这里不！"胡六皆先生闻言答道，面露诡秘而嘚瑟的神情。

还有这种操作？

当然！在神仙的家族中，有位专管人间婚姻的月下老人，传说，谁与谁能成夫妻，都是月下老人事先用红绳系足选定的。联精灵有时候也客串月下老人，把人家诗文里的男男女女牵成一对。

如果说：摘句联是从一户人家"拿"东西，集句联则是从两家或以上人家"拿"东西。

宋代王安石有一联：

风定花犹落；

鸟鸣山更幽。

下联出自王籍《入若耶溪》中名句："蝉噪林逾静，鸟鸣山更幽。"但王安石先生嫌弃这两句意义重复，就请了宋代袁去华《清平乐》中的"风定花犹落"取代"蝉噪林逾静"，成为一集句联。上联静中有动，下联动中有静，比原诗好多了。

水平高的联家，不仅集句，还可以嵌名。天心阁有一副著名的集句联，乃湖南文史馆故馆员曾光炎先生所撰。联云：

天高地迥；

心旷神怡。

上联出自唐初四杰之一的王勃《滕王阁序》：“天高地迥，觉宇宙之无穷；兴尽悲来，识盈虚之有数。”下联出自北宋著名政治家范仲淹之名篇《岳阳楼记》：“登斯楼也，则有心旷神怡，宠辱皆忘，把酒临风，其喜洋洋者矣。”

该集句联，首嵌“天心”，上联描绘登阁一览之气象，下联表达登阁一览之情怀。寥（liáo）寥八字，意蕴无穷。

天心阁还有赵家寰（huán）先生一集句联：

举头红日近；

极目楚天舒。

上联出自北宋名臣寇准七岁时踱了三步便写出来的《咏华山》，下联出自毛泽东词《水调歌头·游泳》。

有些对联不止两个分句，自然也就可能来自“几户人家”了。

如梁启超的这联：

满身花影倩人扶，我欲醉眠芳草；

几日行云何处去，除非问取黄鹂。

“满身花影倩人扶”出自唐代陆龟蒙《和袭美春夕酒醒》；“我欲醉眠芳草”出自宋代苏轼的《西江月·顷在黄州》；“几日行云何处去”出自冯延巳的《鹊踏枝》；“除非问取黄鹂”出自宋代黄庭坚的《清平乐》。

黄绍琼先生很调皮，他集了四个词牌名给人家作为婚联，那叫一个喜气洋洋：

贺新郎，齐天乐；

卜算子，满庭芳。

“卜算子”是占卜算命的意思，古时候男女谈婚论嫁，都要合八字，算吉凶。

除了高雅的诗词歌赋，俗语、谚语歇后语等也可以成为集句联的“建筑材料”：

民国时期，有人集过一俗语联，颇含哲理：

清官难断家务事；

好汉不吃眼前亏。

还有刘旷先生所集的歇后语联，生动形象，令人忍俊不禁：

灶边栽杨柳——死不死，活不活；

瓦上晒胡椒——滚的滚，溜的溜。

有调皮的则一半用高雅的诗词歌赋，一半用通俗的俗语、谚语、歇后语，造成一半大雅一半大俗的喜剧效果。

好马不吃回头草；

宫莺衔出上林花。

“好马不吃回头草”是一句俗语，“宫莺”句语则出自晚唐诗人雍（yōng）陶《天津桥春望》。你说它对不上吧？它又对得严丝合缝。你说它对得好吧？又像是一个人穿着西装趿（tā）双凉拖鞋在舞台上跳舞，怎么看都有几分滑稽。

当然，集句的时候，也可以根据自己的需要改一改。

刘秋泉先生题博才中学梅溪湖校区联：

博我以文，约我以礼；

才出于气，性出于天。

上联出自《论语·子罕》第十一章，意思是：老师善于一步一步地引导我，用各种典籍来丰富我的知识，又用各种礼节来约束我的言行，使我想停止学习都不可能。下联出自南宋朱熹、吕祖谦合编的《近思录》，原文是“性出于天，才出于气”，意思是才华、才学离不开后天的学习和积累。这里变成“才出于气，性出于天”，自然是为了格律的需要。

如果集句时改一点点还不能很好表达自己的意思，那就干脆一半用别人的，一半用自己的。

罗冈先生题某校画廊的联就是这样的：

不要人夸颜色好；

每从画展姓名传。

上联是大家都熟悉的王冕的《墨梅》诗中的，下联则是罗先生自己撰写的。这样子的叫半集句联。

集句是不是很容易、很好玩？我们看到喜欢的、有趣的句子，也可以想着给它“找对象”，或者自己给它对一个，说不定就能拟出一漂亮的集句联、半集句联哟！

东施效颦：

我们刚刚学习对联，要创作对联有难度，就可以先做做集句联、半集句联进行练习。老师来到青山中心小学，看到学校获得过“青春诗词大赛”的区一等奖，马上想起了苏东坡“腹有诗书气自华”的诗句，然后想起学校的体育特色，就自己撰了上联，与它凑成一对：

胸怀家国身须健；

腹有诗书气自华。

当然，只要你愿意，还可以同时嵌名。比如为“望月湖小学”撰联，我们可以先找一句含有“望”或“月”或“湖”的诗句，如“万里江山都在望”“湖光秋月两相和”。

当然，聪明的你马上发现，这两句诗后边三字的对仗没问题，前边的四个字不构成对仗。那我们就可以保留其中一句的“原生态”，把另一句的修改一下，变成：

万里江山都在望；

千秋湖月两相和。

这样，就写成了一副嵌了“望”“月”“湖”三字的半集句联。有人问：难道不要管它的意义吗？当然要管！一定得管！“万里江山都在望”，是期望同学们学有所成，越飞越高，高到“万里江山都在望”的程度；“千秋湖月两相和”是希望同学们都飞得高以后，不要互相排挤，“两虎相争”，要互相帮助，和谐相处，如“湖光秋月两相和”。

练功房：

你觉得下边的诗句可以和上边的哪个诗句凑成一对，把它们的序号填在括号里。

1. 不问主人来看竹。（　）
2. 歌管楼台声细细。（　）
3. 六宫粉黛无颜色。（　）
4. 清风明月本无价。（　）

5. 劝君更尽一杯酒。（ ）

A . 清明时节雨纷纷。B. 万国衣冠拜冕（miǎn）旒（ liú ）。C. 每逢佳节倍思亲。D. 与尔同销万古愁。E. 近水远山皆有情。

参考答案：

1.C 不问主人来看竹； 每逢佳节倍思亲。（李祁（qí）望先生题翠竹园一联）上联出自黄庭坚的《陈氏园咏竹》，下联出自唐代王维的《九月九日忆山东兄弟》。

2.A 歌管楼台声细细； 清明时节雨纷纷。（郴（chēn）州三月春社戏台联）上联出自苏轼《春宵》，下联出自杜牧《清明》。

3.B 六宫粉黛无颜色；万国衣冠拜冕（miǎn）旒（ liú）。（文水县武则天祠联）上联出自白居易的《长恨歌》，“六宫粉黛无颜色”本是形容杨贵妃美貌的句子。下联出自唐代王维的《和贾舍人早朝大明宫之作》，是万国的使臣都躬身朝拜皇帝的意思。冕旒：专指皇冠。借指皇帝、帝位。非常切合武则天女皇帝的身份。

4.E 清风明月本无价；近水远山皆有情。（梁章钜《题苏州沧浪亭》）上联出自欧阳修《沧浪亭》诗；下联出自苏舜钦《过苏州》诗。

5.D 劝君更尽一杯酒；与尔同销万古愁。（林震题酒家联）：上联出自唐代诗人王维《送元二使安西》；下联出自唐代诗人李白的《将进酒》。

6. 记一记

在还没有文字的时候，远古时代的人类是通过在绳索或类似物件上打结的方法记录数字，表达某种意思，用以传达信息，处理事件，叫“结绳记事”。但是，结绳记事有很多不方便的地方。后来发明了文字，记录起来就方便多了。

联精灵也是“文字记录员”大家庭里的成员，它说：“我虽然小，但我也要为记录出一份力！”

好吧！联精灵这么积极主动，那就成全它吧！

苏东坡喜欢访僧问禅。据说，有一次他脱掉官服，换上便衣到城郊一座寺院去游玩。

方丈见他穿戴寻常，估计顶多是个穷私塾先生，便坐在自己的位子上没有动，冷冷地说了一声：“坐。”并对小和尚说：“茶。”

苏东坡打过招呼后，没有立即坐下，而是专心地看着挂在墙上的一幅书法作品，并赞美这幅字写得淡定幽远，清宁脱俗，与寺院的环境十分吻合。

方丈见他谈吐不凡，想是有些来头，便起身对苏东坡客气地说：“请坐。”并大声呼叫小和尚：“上茶！”

两人交谈后，方丈才知来人是名满天下的苏东坡，于是满脸堆笑，连连说：“大人请上座，请上座！”并连呼小和尚：“上好茶，上好茶！”

方丈知道苏东坡诗词书画冠绝天下，千金难求，于是便命小和尚备下笔墨，躬身施礼，恳求道：“请大人为小寺留下墨宝，不胜感激，不胜感激。”

苏东坡爽快答应，提笔在宣纸上写下一联：

坐，请坐，请上座；

茶，上茶，上好茶。

简简单单地记录了方丈的语言，却把方丈前倨后恭的“势利眼”模样刻画得淋漓尽致。（可是，我见到过有好几个茶馆都挂着这副对联。也不知道老板是完全不懂这联的意思呢还是想把客人分三六九等招待？再次证

明，联好，不知道好好用，也是白搭。）

一个人拎着贵重的笔墨纸砚，请刘凤诰为自己的父亲写副寿联。刘凤诰问道：“老仙翁何时出生？”

对方答道：“十一月十一日。”

刘凤诰便开始在撒金的大红纸上挥毫落笔，写下：

十一月十一日；

来人心里不由得叫苦，这哪是什么对联？简直比记流水账还流水账。而他只准备了一份写对联的纸，纸又这么贵重，于是说：“我只是说家父的生辰，您怎么就写上了？”

刘凤诰不慌不忙地答道：“不急！不急！令尊今年高寿？”

对方说：“八十。”

刘凤诰不慌不忙地接着写道：

八千春八千秋。

来人这下转忧为喜。因为《庄子·逍遥游》中说：“上古有大椿者，以八千岁为春，八千岁为秋。”这是祝福老人长寿啊！

联家何绍基也是一位书法家。那天，有个人来请他写对联。他问来人是什么事要写对联。对方回答说：“南邦寺死个和尚。”

何绍基即提笔写道：

南邦寺死个和尚；

来人一看，傻了眼，这就是刚才自己说的话啊。正想说什么，却见何绍基接着写道：

西竺国添一如来。

来人不由得又佩服起来。

苏东坡把方丈的话按顺序排起来，刘凤诰把别人的生日记下来，何绍基把别人陈述的事情记下来，再略为加工，就成了一副对联。这样“做记录”，看起来不太难，清代郑板桥在青城山道观斋堂里也这么记：“扫来竹叶烹茶叶；劈碎松根煮菜根。”胡静怡先生在家休闲也这么记：“掏出手机听酷狗；叉开脚趾逗馋猫。”胡晖女士则记得比较详细：“天气今朝好，无事去河边走走，看柳絮烟轻，钓叟竿闲，芦芽新出；童年此处回，有心来林下寻寻，怜流莺语快，蜗牛腿慢，桃蕾微舒。”

东施效颦：

我们也可以学着用对仗的句子把看到或经历的事情记录出来。

波老师整理房间，喜欢“抬杠”，把“钱‘钟’书”的书放在“前”边，“座‘右’铭”贴在“左”边，也记录下来：“钱钟书要放前边，座右铭偏安左侧。”

那天坐地铁去赴宴，吃饭时又拒绝喝酒，也记下来：“先乘地铁临餐馆；再以天真拒玉浆。”

去年国庆节期间，我应邀到浏阳田螺山庄看《长沙弹词颂中华》的节目，也记录下来：“节日当中看节目；田园里面品田螺。”

师父鼓励我说：“不错！功夫就是这样慢慢练出来的。你平时多用对仗句子做记录，慢慢就能得心应手、游刃有余。”这句话我又转给你们哟！

练功房：

从前有个木匠，专给官府做戴在囚犯脖子上的木枷。后来木匠得罪了衙役，被抓进牢房，戴上了自己做的木枷。与木匠关在一起的是一个书生，以前专门替人写状纸打官司，而今受了冤枉，就写状子为自己辩护。你能用一联记录下这两件事吗？

参考答案：

木匠做枷枷木匠；

书生写状状书生。

7. 抒一抒

大家还记得《小木偶的故事》吗？故事里的小木偶，因为只有一个笑嘻嘻的表情，所以，被人欺负、头痛得很厉害的时候都没人相信。他伤心得不得了，可是大家也不知道他在伤心。只有能用鼻子闻出空气中伤心味的小女巫才知道他伤心了。这个故事讲出了表达自己感情的重要性。可惜的是，生活中并没有能用鼻子闻出空气中伤心味的小女巫，我们还是得多学会表达自己的感情。

但是，抒情的层次是有高低的，“难受，想哭”是一种层次，用联精灵来抒情则又是一种层次。

爱国诗人陆游，一心想驰骋沙场收复中原，可是，总不得朝廷的支持，只能在家看书。他看着时间就这样流逝，心里着急，就写了一联抒发自己的情感：

万卷古今消永日；

一窗昏晓送流年。

明代著名学者王守仁特别崇拜爱国将领于谦，他到于谦墓前凭吊时，题写了这副挽联，表达自己的敬仰之情。

赤手挽银河，公自大名垂宇宙；

青山埋白骨，我来何处吊英贤？

上联借用唐朝杜甫诗句“诸葛大名垂宇宙”来颂扬于谦的功业；下联用反问抒发了自己的哀痛心情。

湘军水师统帅彭玉麟先生的儿子于中年去世，彭先生哭撰一联，悲痛之情，如火山之喷发，如飞瀑之奔流，势不可挡：

怎能够踏破天门，直上三千界，请南斗星北斗星，益寿延年将簿改；

恨不得踢翻地狱，闯下十八层，向东岳庙西岳庙，舍生拼死要儿回。

联精灵抒发的悲哀能让你眼中涌泪，联精灵抒发的豪情可以让你热血沸腾。

《岳阳楼记》的作者范仲淹，刚直不阿。他发现当时宰相吕夷简广开后门，滥用私人，便连上四章，在皇帝那儿论斥吕夷简的狡诈。偏偏吕夷简老谋深算，蛊惑皇帝将范仲淹贬到饶州。他的朋友梅尧臣，写诗文劝范仲淹不要学乌鸦一样鸣叫（少说那些当朝权贵不爱听的话），以免惹来祸患。范仲淹感激朋友的关心，但他有自己的主张，他回写了一首《灵乌赋》，其中两句，铿锵有力，自成一联：

宁鸣而死；

不默而生。

意思是：看着那些祸害百姓的行为，他就是要“鸣不平”，宁愿因“鸣”而被坏人陷害，也绝不会看着坏人为非作歹而保持沉默苟且偷生。这一联，抒发了他为民除害、视死如归的壮志和斗志，铿锵有力，掷地有声，读来都过瘾！

在湖南第一师范一间教室的墙壁正中央，有一副杨昌济先生亲笔书写的对联：

强避桃源作太古；

欲栽大木柱长天。

以此抒发他决心以教书育人为天职，培养经国济世之才的激越情怀。也正是杨先生有这样的豪情壮志，才培养出了毛泽东、蔡和森等“柱长天”的“大木”。

为了让“联精灵”健康快乐成长，被越来越多的人喜欢，吴文博先生等人成立了以“创作之文学性，评审之公正性”为主旨的“中国对联甘棠奖”，并为之付出了很大的财力和精力。吴文博先生还以《题甘棠奖》一联来抒自己的壮志：

历世肝肠多苦楚；

余生事业只甘棠。

生活中，我们有各种各样的喜事，联精灵也总是非常积极地帮助我们抒发感情。如沈寄筠先生的“四野听娇啼，自可三朝论英物；满堂生喜气，不拘一格降人才”，抒发了看到婴儿“三朝”的欢喜；方恕庵先生的“庐舍碧云间，种松树千章，不尽涛声清两耳；园林明月下，对梅花一笑，无边光景悦双眸”，抒发了乔迁之喜；曹毅前先生的“学海好扬帆，大浪千重凭笑傲；鹏程初展翼，长天万里任翱翔”，抒发了升学之喜；孙达俊先

生的“春风得意马蹄疾；花气侵人笑语香”，抒发了迎春之喜……

当然，我们也不总是大喜大悲，更多的时候，我们淡定而从容。如明代洪应明先生的“宠辱不惊，闲看庭前花开花落；去留无意，漫观天外云卷云舒”；如清代方薰的“无事且从闲处乐；有书时向静中观”；如李意坚先生的“身无长物，但衣上风尘，胸中块垒；心有闲情，犹窗前竹石，眼底诗书”，如胡晖女士的“待到霜浓，何处可寻风景？已然云淡，此时莫说襟怀”……

东施效颦：

湘潭有位诗人叫张红果，诗写得特别好，人品也特别好。有次在朋友圈看到他来长沙，我就说要请他喝酒，可他已经回湘潭了。我曾写了篇关于他的文章，收进了我的散文集，书已出版，还没送给他。可是，却忽然传来他去世的消息，于是，我写了一联：

诗已成名，人已成仙，兄步九重天，欲把才情传后羿；

酒还未请，书还未赠，我垂千滴泪，深怀愧疚送先生。

抒发我“酒还未请，书还未赠”的愧疚之情和对朋友离世的哀悼之情。

8. 状一状

2020 年初，因为突然袭来的疫情，很多人都只能待在家里“为国家做贡献”，天天“卧室、客厅、厨房、卫生间一日游”，都快憋坏了。二年级的课文《找春天》里说的：“我们脱掉棉袄，冲出家门，奔向田野，去寻找春天。”为什么那么兴奋“冲出家门”要去寻找春天？因为外边的风景太美了！

美丽的风景，是一个神奇的宝贝，开启过很多人脸上的微笑，清理过很多人心灵的灰尘。很多时候，灿烂的阳光、鲜艳的花朵、碧绿的小树、清澈的泉水……比一堆长篇大论更能使你从一段不太积极的情绪里走出来。所以，风景往往成为文人笔下的宠物。联家当然也爱这宠物。美丽的风景，谁都会看，但不是谁都会写。范仲淹看着《洞庭晚秋图》就能写出闻名天下的《岳阳楼记》，但天天在洞庭湖上生活的渔夫们却写不出。所以，学着用对联把景物写下来，是极具挑战性的事情，挑战成功的时候，也是很快乐的哟！

民族英雄林则徐很小的时候就挑战成功了哟！有一次，他跟随做塾师的父亲去滨海的山上郊游。他们登上山顶，举目四眺，“一览众山小”，又看到远处“天连水尾水连天”。父亲要林则徐以眼前的景色即兴做一副对联。林则徐随即吟道：

海到无边天作岸；

山登绝顶我为峰。

父亲听了非常高兴，称赞林则徐视野广阔、志向远大。

明代陆采小时候，有一天，跟父亲兴致勃勃地去游园。花园里黄莺飞入石榴花丛中，红红的石榴花和黄莺互相映照，十分好看，父亲就高兴地出了上联：

莺入榴花，似炼黄金数点；

陆采看到白鹭在荷叶上栖息，便马上对出了下联：

鹭栖荷叶，如堆白玉一团。

我们不能一下子达到林则徐和陆采的高度，但我们也不要气馁。我们

可以模仿傅山题云陶洞的联：

竹雨松风琴韵；

茶烟梧月书声。

只是把景物罗列出来，不细细地进行描述。如你来到一个地方，山清水秀，有古塔，还有鸟儿叫，蝴蝶飞，蝉儿鸣，你就可以把它们排排队，根据对联的平仄要求拟一联：“碧水青山古塔；鸟啼蝶舞蝉鸣。”

我们也可以模仿于谦题庐山山阴石屋联：

花雨欲随岩翠落；

松风遥傍洞云寒。

只选取“花雨”和“松风”两个主要景物来写。

比如，我们看到很多景物，可以从里边挑选一个平仄对得上的景物，先来个“一字对”，如“树；花。”

然后，在前边加个形容词，如：“大树；小花。”“绿树；红花。”“古树；鲜花。”……你还可以由写一棵树、一朵花扩大到写很多树很多花：“矮矮高高树；深深浅浅花。”或者，加上数量词，如“一株古树；几丛鲜花。”

或者，你描写这两个景物“在什么地方怎么样”，如贵阳甲秀楼涵碧亭的联，就选取了“水”和“人”进行描写。“水”怎么样？“水从碧玉环中出”！“人”怎么样？“人在青莲瓣里行”！波老师也模仿这个写了句：“鸟语林中脆”，不过到了下联的时候我就开始调皮了，故意用“格外”来对“林中”：“泉声格外亲”。

或者，你可以写这两个景物所处的时间先后，如：“蝶翔蜂舞后；人唱鸟啼先。”或者，你加入自己的情感，如：“最怜云朴素；正好我天真。”或者，你用修辞手法，把它们写得更形象具体一些。波老师游览大围山龙泉溪的时候，没有水平把那么多美景一一写出来，就只选了“水”和“石”两个景物来写：“水似柔情，因有源头流不尽；志如磐石，纵来巨浪莫能移。”到巴西洲的时候，我也只选了“芦花”和“奇石”两个主角：“几处芦花，袅袅娜娜迎白鹤；一洲奇石，潇潇洒洒卧清溪。”

或者，你挑选两个范围来写，如熊治祁先生题烈士公园湖滨小亭的联一样，先写抬眼看到的亭阁顶、风筝和白云蓝天，再写平视时看到的湖面涟漪、画舫、青荷以及它的香气：**“亭阁舞风鸢，云飞碧宇来佳气；涟漪浮画舫，日映青荷送淡香。”**

除了状景，我们还可以状物。状物联不仅要善于描摹物体的形状，更要升华出深刻的道理，让人读了受益良多——如果只是描摹物体的样子，那还是拍张照片简单形象得多。

明太祖朱元璋与大臣刘伯温结伴微服私访，有人送他们一节又白又嫩的莲藕，好像美人洁白的臂膀一样。朱元璋随口吟出一上联：

一弯西子臂；

刘伯温见藕折断后有孔，马上对道：

七窍比干心。

西子是指我国古代四大美人之一的西施，这个大家应该知道，苏轼的《饮湖上初晴后雨》里就有“欲把西湖比西子”的句子。比干是商纣王的叔叔，殷商王室的重臣。小说《封神演义》中有个这样的片段：比干多次劝谏纣王，纣王发怒曰：“我听说圣人天生有七个洞的珍奇心脏，你相信有这样的事吗？”就杀了比干剖开肚子看他的心脏。这副状物联，上联讲莲藕的样子，下联讲莲藕如比干一样的“心”，就不是一张简单的“照片”了。

画家李苦禅有题竹一联：

未出土时便有节；

及凌云处更虚心。

“节”，既指竹节，又指节操。“虚心”，既指竹子空心，又指谦虚。不仅描摹了竹子的形状，也蕴含了做人的道理。只是“便有节”三个字都是仄声，对于前辈的作品，我们尽量尊重，但我们自己写作的时候就多注意点，尽量不犯禁忌。

易武兴先生咏花炮联：

炮仗轰鸣，效命捐躯甘蹈火；

烟花怒放，辉星耀斗欲凌云。

上联讲鞭炮炸裂粉碎，让人想起那些为国捐躯的英雄，下联讲烟花华彩绽放，也让人想起那些有凌云之志的国之栋梁。

有些联，上下联分咏两物，也往往意味深长。

如郑燮自题联：

虚心竹有低头叶；

傲骨梅无仰面花。

如王禹仙与太守对句：

鹦鹉能言难似凤；

蜘蛛虽巧不如蚕。

练功房：

从图片中选出两个景物，试着拟一副简单的状景联。

参考答案：

砾石河中卧；桂花岸上香。

铁塔山间立；轻舟水上漂。

9. 代一代

咦！哪里放炮？

哦！他们过年！

“说话谁家翁媪？”是沅江新湾土地庙的土地公公和土地婆婆。如果我告诉你，这两个人看似漫不经心地说话，却是一副对联，你信不信？反正我是信了！而且啊，喜欢这样子代替人家说话的联家还不止这一个。

清代有一个庸医，给人治病常出问题，声名狼藉。有一次，有人代替他拟了一副对联贴在他的家门口：

入我门千差万错；

要吾诊九死一生。

李澄宇先生的戏台联则代替演员给观众讲话：

既已上台，不怕大家在旁边看戏；

自能了局，何劳诸位替古人担忧。

既然上了台，就不怕你们看，但你们看且看，戏终究是戏，不管多么惊心动魄，戏中自有了局的方法，你们不必过分担心——为什么不早告诉我？害得我小时候每次看到唐僧不识妖怪还要怪悟空，就急得蹦跳。

都喊大家来看戏，如果是我，我就选这一处：

入座有何观？雀舌茶儿黄梅戏；

点心随便用，猪油包子白糖酥。

这是民国时岳阳市唱黄梅戏时题的联，以“猪油”对“雀舌”，以“白糖酥”对“黄梅戏”，多么漂亮！关键是还好吃！

乡下看戏，没有座位，所以常常见到挤挤钻钻的，或站在板凳上遮住别人的。所以，这位联精灵就担任起了维持秩序的责任：

看不见姑且听之，何须四处钻营，极力排开前面者；

站得高弗能久也，莫仗一时得意，挺身遮住后来人。

不仅指导人家讲文明礼貌，不能四处挤挤钻钻，不能站在板凳上遮住别人，还意味深长，发人深省。

有时候，联精灵也代替两个人对话。前边说过的，岳飞墓前秦桧夫妇铁像上挂的对联，就是这种。上联代替秦桧说：“唉，我本来就是个没人性的东西，可身旁要是有个贤慧的妻子，兴许也不至于落到今天的地步吧？”下联代替王氏说：“呸！虽然说我是个长舌头女人，可要不是由于你这个老贼，我怎么会有今天！”

某地观音庙有一倒座观音像，旁边有副对联：

问大士缘何倒座？

恨众生不肯回头！

上联问，下联答，颇富哲理。意思是如果你在某些方面执迷不悟，救苦救难的观音都会转过身去懒得理你。

那天，波老师在花盆里种的秋葵结果了，可惜只有两三个，也吃不了一餐。我总去看总去看，估计秋葵都被我看烦了，说：“不够一餐，随你怎么看！”我赶紧解释：“多瞧几眼，当花或许行！”哈哈，我也用秋葵和我的对话凑了一联，不是为了说这联有多好，我主要是想告诉大家，有些事情，换一种角度去想，也挺开心的。希望大家每天开开心心的噢！

西施媚：

宜章某破财神庙联：

我若有灵，也不致灰尘处处堆，筋骨块块落；

汝休妄想，须知道勤俭般般有，懒惰件件无。

岳阳毛田某年唱花鼓戏台联：

花费几文钱，来来来，看些古怪；

鼓起一肚劲，好好好，唱得新鲜！

天水市甘谷县大象山财神殿联：

只有几文钱，你也求，他也求，给谁是好；

不做什么事，朝来拜，夕来拜，叫我为难。

10. 晓一晓

明朝嘉靖年间，某地的豪绅和寺僧为聚敛财物，搞了一场所谓的“为百姓消灾祈福”的水陆道场。徐渭（wèi）对这班人很是厌恶，就写了一副对联：

经忏可超生，难道阎王怕和尚？

纸钱能续命，分明菩萨是赃官！

如果说念经拜忏的仪式可以使人“超生”，那不就是阎王怕和尚吗——和尚说念经拜忏的人超生就超生，那阎王说的话就不算数了？如果烧纸钱果能赎罪抵命，那不就是菩萨也喜欢钱吗——给钱就“肯帮忙”，那菩萨和贪官污吏有什么区别？

这么通俗易懂的“晓之以理”，老百姓读了之后恍然大悟。豪绅和寺僧想捞钱的如意算盘，自然就打不成了。联精灵让这么多老百姓免于被骗，奖励它一朵小花！

作家老舍给女儿写了副对联：

劳逸妥安排，健康多福；

油盐休浪费，勤俭持家。

给女儿讲劳逸结合、勤俭持家的道理。

1938 年，徐特立书赠湘潭一位青年店员王汉秋一副对联：

有关家国书常读；

无益身心事莫为。

熊鉴先生《自勉》一联，其实也在勉励很多学子：

明哲保身，读书安用？

忠诚报国，膏斧何辞！

“膏斧”，是指身体被斧头劈，被杀的意思。

“蒲剧巨擘（bò）”墨遗萍先生告诉我们职业无分贵贱的道理：

职业原无贵贱，只要安心务正，就是他剃头、唱戏、缝衣裳，不算低下；

品格应分尊卑，若是任意胡来，哪怕你为宦、做官、当皇帝，照样

肮脏。

怎么他们都喜欢用联精灵来“晓之以理”？当然是因为联精灵擅长干这个呗。

除了家长们爱用联精灵“晓之以理”。很多好官，也常常将联精灵的“理”挂在衙门，既勉励自己，也规劝同仁。

山西榆次县丞院有一副楹联：

既然穿吏服，心要爱民爱国；

纵使卖番薯，秤须足两足斤。

既然是人民养着的官吏，就要做好自己的本职工作，为民为国服好务，不能玩忽职守。要知道，即使是卖番薯的，称秤的时候还要足两足斤的，人家才会满意，何况是关系国计民生的大事呢？“晓之以理”，这个“理”“晓”得好！

河南省内乡县三省堂也挂着一副广为流传的廉政联：

吃百姓之饭，穿百姓之衣，莫道百姓可欺，自己也是百姓；

得一官不荣，失一官不辱，勿说一官无用，地方全靠一官。

为官者吃的穿的，全是老百姓供给的，老百姓是官员的衣食父母，不要觉得百姓可以欺负，要记住自己也是百姓的一员；得到一任的官职，只是担起治理一个地方的责任，不是什么值得炫耀的事情，为国为民丢了乌纱帽，也算不得什么耻辱事，不要说地方官没多大作用，要知道一个地方治理得好不好，全靠地方父母官。

我们才学习对联，也许写不出这样深奥的好联，但“万丈高楼平地起”，我们也不要因此而不敢动手写。有一次，波老师说了一段话劝说一个喜欢发牢骚的孩子，后来把那段话捋了捋，变成了个联精灵：“心中多美好；眼底尽温柔。”还有一次，一个未曾谋面的朋友读了我的文章，想要专门约我见面，而我认为大家都在这个圈子里，说不定哪天就见了，不想专门让他破费，就对他说：“有缘方见面。”后来我又给这句话配了个下联：“无事且修心。”这或许也是人际交往的一个境界吧！

波老师写的这些联精灵，是不是特简单，感觉“说不定我也会”。那，如果你们有时候悟出什么道理，也用“两行字”的方式试试，看能不能也创造个联精灵噢！现在多写“排练节目”的联精灵，将来就能写出“正式演出”的联精灵了哟！

练功房：

1、如果你的好朋友因为父母离婚的事情而一直想不通，你会选用哪一副联来劝告他。（ ）

2、如果你的好朋友因为别人妒忌而烦恼，或者你的好朋友喜欢欺负同学，你会选择那副联赠给他？（ ）

3、如果你觉得自己做事情总是不能坚持，“三天打鱼，两天晒网”，你想贴副对联在自己房间里时刻提醒自己，你会选择下边哪副联？（ ）

4、你的好朋友总是对别人评头论足说三道四，你想借着讨论对联的机会善意地提醒他，你会选择下边哪副联？（ ）

A. 忌我何尝非赏识；欺人毕竟不英雄。

B. 天天难过天天过；想想不通想想通。

C. 苟有恒，何必三更眠五更起；最无益，莫过一日曝十日寒。

D. 静坐常思己过；闲谈莫论人非。

参考答案：

1.B 2.A 3C 4.D。

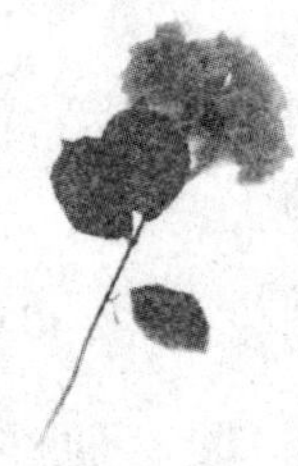

11. 评一评

有人问一个新郎："你为什么选择她做你的妻子？"

新郎回答："因为她漂亮、善良、聪明、幽默。"

那人又问新娘："你为什么选择他做你的丈夫？"

新娘说："因为他夸我漂亮、善良、聪明、幽默。"

好可爱的新娘！她选择丈夫，因为对方对自己有好的评价。这世界确实不乏喜欢贬低别人的人，或许她经常会遇到一些不公正的评价，让她感觉委屈，所以，他的评价才让她觉得那么难能可贵，让她愿意用一生来报答这种评价。

可见，一个客观、公正的评价，是多么的不容易。如果它还和联精灵合作，一定更加了不得。

四川眉山三苏祠有一联：

一门父子三词客；

千古文章四大家。

上联指苏门三父子（父亲苏洵、哥哥苏轼、弟弟苏辙）都是填词名家；下联是指苏家是当时文章四大家韩（愈）、柳（宗元）、欧阳（修）、苏（轼）中的一家。这一评价，看似简单罗列，却处处落到实处，非常有说服力。

"只有天在上，更无山与齐。举头红日近，回首白云低。"七岁就写下这首《咏华山》的寇准，还是一位清官，当宰相多年，却没有为自己建一栋房子。处士魏野赠联云：

有官居鼎鼐；

无地起楼台。

"鼎鼐"喻指宰相等执政大臣。此联的意思是说寇准虽然官做得很大，可是连个建房的地都没有，寇准清廉的形象便不言自明了。

有时候，联家"写评语"的时候，会拿自己和对方比较。

如彰明县太白楼联：

诗犹称弟子；

酒不让先生。

意思是写诗还比不上李白，还只能称弟子，喝酒就不一定比李白差。我的师父“一年易写诗三百；十口难干酒半杯”，我呢？刚学写诗，酒量却比师父好点，就也曾用这联来开玩笑，说自己“诗犹称弟子；酒不让先生。”

如左宗棠写给曾国藩的挽联：

谋国之忠，知人之明，自愧不如元辅；

同心若金，攻错若石，相期无负平生。

“元辅”是“重臣”的意思，这里指曾国藩。左宗棠慨叹自己的修养不如曾国藩。

评价人的时候，我们还可以把对方比作大家都熟悉的人。

著名画家徐悲鸿先生的画室里曾悬挂一联，是章士钊先生的作品：

海内共知徐孺子；

前身应是九方皋。

徐孺子因其“恭俭义让，淡泊明志”的处世哲学受到世人推崇，被认为是“人杰”的典范和楷模。九方皋是古代与伯乐齐名的相马大师。

东施效颦：

用对联写评语，尤其是初学的时候，不需要太多的词汇，一两个词语评价，然后用联精灵给它们搞个装修，就可以了。波老师的恩师周建军老师德才兼备，和蔼可亲。我毕业多年后，他还不忘给予我鼓励和帮助。于是，我也效颦了一联，上联羡慕老师的“德”，下联感谢老师的“恩”：“最羡瑾瑜涵令德；每观山海念师恩。”

对艺术品等的评价，没有一定的标准，我们可以写写自己的感受，或从中悟出的道理。参观周溙澜先生画展，看到那些汪洋大气的画作，我也写了些自己的感受：“几许稀奇，难道神仙笔墨？颇多古怪，莫非梦幻山川。”参观贺桂荣根雕艺术馆，我觉得这些根雕很不错，但又不能夸张地说“天下第一”如何如何，就只惊叹艺术家的坚持和这些树根的变化：“若有恒心，拙匠能成大匠；如逢巧手，凡根便是灵根。”

当然，很多东西有不同的评价标准，常常会出现“公说公有理，婆说婆有理”的情况。

明代有位秀才，崇尚实学而不慕荣华。一日与其启蒙师邂逅，师知其仍家境平平，想劝说他不要太过狂放迂腐，早日成为“达者”，说：

无狂放气，无迂腐气，无名士怪诞气，方称达者；

秀才答道：

有诵读声，有纺织声，有小儿啼哭声，才是人家。

秀才不同意老师的看法，请出宋代理学家陆九渊的说法：谓凡人家当有三声，即读书声、纺织声和孩儿声。读书声代表爱学习，纺织声代表爱劳动，孩儿声代表家庭和睦，这才是普通人家该有的烟火味。“人各有志”。相信听了此言，老师也不会再说什么了。

有很多联家“未卜先知”，借联精灵说出自己的观点，免得别人乱评价。

比如说房子吧，有些人就羡慕人家大房子，认为房子大才好，有个大花园更好。郑板桥就干脆请个联精灵挂自己房子里：

室雅何须大；

花香不在多。

这样一来，相信没有哪个不识趣的客人在郑板桥家里炫耀自己“房子好大”“花园好大”了。

练功房：

洪承畴于松山战败被俘后投降大清，是明末叛臣之一。他在明朝为官时，曾自拟了一副对联：

君恩深似海；

臣节重如山。

意思是说：皇帝对他的恩情像海一样深，自己的节操像山一样重。

他投降以后，有人在后边加了两字：

君恩深似海矣；

臣节重如山乎？

你觉得这位改联者对洪承畴的评价是怎样的？他觉得洪承畴的节操像

山一样重吗？

参考答案：

改了之后，下联就变成问句：“作为臣子，你的节操像山一样重吗？”改联者很明显是觉得洪承畴是个叛臣，不配“臣节重如山”这几个字，所以才这么加的，若是没有异议，就不会画蛇添足去改了。

附录1：《联律通则》（修订稿）

中国楹联学会

引言

楹联是中华文化宝库中的独立文体之一，具有群众性、实用性、鉴赏性，久盛不衰。

楹联的基本特征是词语对仗和声律协调。为弘扬国粹，我会集中联界专家将千余年来散见于各种典籍中有关联律的论述，进行梳理规范，形成了《联律通则（试行）》。在一年多的试行实践基础上，又吸纳了各方面的意见进行修改，制订了《联律通则》（修订稿）。现经中国楹联学会第五届第十七次常务会议审议通过，予以颁发。

第一章 基本规则

第一条 字句对等。一副楹联，由上联下联两部分构成。上下联句数相等，对应语句的字数也相等。

第二条 词性对品。上下联句法结构中处于相同位置的词，词类属性相同，或符合传统的对仗种类。

第三条 结构对应。上下联词语的构成，词义的配合，词序的排列，虚词的使用，以及修辞的运用，合乎规律或习惯，彼此对应平衡。

第四条 节律对拍。上下联句的语流一致。节奏的确定，可以按声律节奏"二字而节"，节奏点在语句用字的偶数位次，出现单字占一节；也可按语意节奏，即与声律节奏有异有同，出现不宜拆分的三字或更长的词语，其节奏点均在最后一字。

第五条 平仄对立。句中按节奏安排平仄交替，上下联对应节奏点上的用字平仄相反。单边两句及其以上的多句联，各句脚依顺序连接，平仄规格一般要求形成音步递换，传统称"平顶平，仄顶仄"。如犯本通则第十条避忌之（3），或影响句中平仄调协，则从宽。上联收于仄声，下联收于平声。

第六条 形成意联。形式对举，意义关联。上下联所表达的内容统一于主题。

第二章 传统对格

第七条 对于历史上形成的且沿用至今的属对格式，例如，字法中的叠语、嵌字、衔字，音法中的借音、谐音、联绵，词法中的互成、交股、转品，句法中的当句、鼎足、流水等，凡符合传统修辞对格，即可视为成对，体现对格词语的词性与结构的对仗要求，以及句中平仄要求则从宽。

第八条 用字的声调平仄遵循汉语音韵学的成规。判别声调平仄遵循近古至今通行的《诗韵》旧声或现代汉语普通话的今声“双轨制”，但在同一联文中不得混用。

第九条 使用领字、衬字、介词、连词、助词、叹词、拟声词，以及三个音节及其以上的数量词，凡在句首、句中允许不拘平仄，且不与相连词语一起计节奏。

第十条 避忌问题。（1）忌合掌。（2）忌不规则重字。（3）仄收句尽量避免尾三仄；平收句忌尾三平。

第三章 词性从宽范围

第十一条 允许不同词性相对的范围大致包括：

（1）形容词和动词（尤其不及物动词）；

（2）在以名词为中心的偏正词组中充当修饰成分的词；

（3）按句法结构充当状语的词；

（4）同义连用字、反义连用字、方位与数目、数目与颜色、同义与反义、同义与连绵、反义与连绵、副词与连词介词、连词与介词与助词、连绵字互对等常见对仗形式；

（5）某些成序列（或系列）的事物名目，两种序列（或系列）之间相对，如，自然数列、天干地支系列、五行、十二属相，以及即事为文合符逻辑的临时结构系列等。

第十二条巧对、趣对、借对（或借音或借义）、摘句对、集句对等允许不受典型对式的严格限制。

第四章 附则

第十三条 本通则作为楹联创作、评审、鉴赏在格律方面的依据。由中国楹联学会解释。

第十四条 本通则自 2008 年 10 月 1 日起施行。2007 年 6 月 1 日公布的《联律通则（试行）》同时废止。

附录 2：词类表

词类	定义	小类	例词
名词	表示物体名称的词语。	天文类	日、月、星、风、雨、雪、霜、雷、电、雾
		地理类	山、水、江、河、湖、海、池、地、溪、泉
		时令类	春、夏、秋、冬、年、月、日、晨、昏、晓
		人伦类	师、友、父、母、伯、仲、叔、姨、舅、姑
		宫室类	亭、台、楼、阁、台、房、舍、门、窗、院
		衣饰类	衣、帽、巾、带、甲、胄、盔、襟、裤、裙
		方位类	东、西、南、北、中、上、下、左、右、旁
		颜色类	赤、橙、黄、绿、青、蓝、紫、白、黑、灰
		植物类	松、竹、梅、兰、菊、杨、柳、花、草、桃
		动物类	鸟、虫、鱼、鹤、象、龙、猪、狗、猫、鼠
		艺文类	诗、词、歌、赋、书、画、印、笔、墨、琴
		饮食类	酒、茶、米、面、汤、菜、羹、肉、馍、菜
		形体类	头、手、心、足、手、指、发、肤、项、腰
		器物类	刀、剑、枪、戟、舟、车、杯、盘、桌、椅
动词	表示人或事物的动作、行为、心理活动或存在变化的词语。		争、让、望、思、飞、跳、睡、盯、踢、闻、摸、批评、吆喝、宣传、飞翔、打听、领首、蹲下、喜欢、希望、害怕、愿意、应该
形容词	主要用来表示人或事物的性质、状态、特征或属性的词语。		衰、盛、密、稀、肥、瘦、窄、宽、聪明、紧张、激动、肥胖、瘦弱、高雅、简朴、忠厚、狡猾、生动、呆板、亮晶晶、喜盈盈
数词	表示事物数目多少或顺序多少的词语。		一、二、三、四、五、六、七、八、九、十、百、千、万、亿、兆、两、单、双、第一
量词	用来表示人、事物或动作的数量单位的词。		头、匹、条、朵、张、个、只、台、盏、杯、根、卷、部、行、颗、棵、线、片、池、树
代词	代替名词或一句话的一种词类。		你、尔、君、汝、我、吾、余、他、它、她、这、那、谁、什么、啥、哪儿、何处、此地
副词	用以修饰名词以外词语和整个句子的词。		很、颇、极、十分、就、都、略、马上、立刻、曾经、居然、重新、不断、稍微、几乎
介词	用在名词、代词或名词性词组的前边，合起来表示方向、对象等的词。		从、自、往、朝、在、当、把、对、同、为、以、比、跟、被、等到、自从、按照、由于、依据、通过、除了、关于、鉴于、依照
连词	连接词、词组或句子的词。		和、与、或、跟、若、同、而且、如果、即使、因为、不但、不管、以免、然而、但是
助词	附着在词、短语或句子上表示某些附加意义的虚词。		结构助词：的、得、地 动态助词：了、着、过 语气助词：吗、呢、啊
叹词	表示感叹或呼唤应答声的词。		啊、哎、喂、呸、嘻、哼、咳、哦、嗯、噢、喔、矣、吁、唏、唉呀、嗟夫、噫、呜呼

附录3：对联平仄表

注：带括号的表示可平可仄。

<table>
<tr><th></th><th>格式一</th><th colspan="2">格式二</th></tr>
<tr><td>一言联</td><td>仄；
平。</td><td colspan="2"></td></tr>
<tr><td>二言联</td><td>（仄）仄；
（平）平。</td><td colspan="2">（平）仄；
（仄）平。</td></tr>
<tr><td>三言联</td><td>（平）平仄；
（仄）仄平。</td><td>（平）仄仄；
（仄）平平。</td><td>（仄）平仄；
（平）仄平。</td></tr>
<tr><td>四言联</td><td>（平）平（仄）仄；
（仄）仄（平）平。</td><td colspan="2"></td></tr>
<tr><td>五言联</td><td>（仄）仄（平）平仄；
（平）平（仄）仄平。</td><td colspan="2">（平）平（平）仄仄；
（仄）仄（仄）平平。</td></tr>
<tr><td>六言联</td><td>（仄）仄（平）平（仄）仄；
（平）平（仄）仄（平）平。</td><td colspan="2"></td></tr>
<tr><td>七言联</td><td>（平）平（仄）仄（平）平仄；
（仄）仄（平）平（仄）仄平。</td><td colspan="2">（仄）仄（平）平平仄仄；
（平）平（仄）仄仄平平。</td></tr>
<tr><td>八言联及以上</td><td colspan="3">看句子如何断句，再对应平仄要求。</td></tr>
</table>

附录 4: 楹联分类

节令联	是指有特定的应时性或纪念性的对联。有春联、元旦联、国庆联等若干子类。节令联中，最主要的是春联。
喜庆联	又称贺联，是指除节日庆祝以外的、内容上带有某种特定祝贺性质的对联。按其内容和对象，可划分为婚联、寿联、新居联（乔迁联）等若干子类。
哀挽联	又简称挽联，指的是用于吊唁亡人的对联。其内容限于对亡人的吊唁、评价、祝愿，其风格一般是哀痛、肃穆、深沉、庄严的。也有为未亡人做挽联或未亡人做自挽联的，则另当别论。
缅怀纪念联	缅怀先哲，纪念前贤冥诞与周忌，题署名人故居、墓庐及纪念馆、庙宇等建筑物的楹联，因都涉及到缅怀前人功德、对后人影响诸问题，故统称缅怀纪念联。此类楹联不一定涉及到逝世的话题，不属于哀挽类型。
名胜联	是指张贴、悬挂、雕刻于风景名胜处的对联。其内容大多为题写该名胜景观（如山水楼台、文物古迹等），或者与它密切相关的人、事等。
行业联	是指其内容为针对某一行业、部门或领域的对联。由于时代的变迁，对联在行业上的运用虽已不如以前，但仍旧可观。从其适用范围和内容特色看，它仍不失为对联的一大种类。行业联可按行业、部门来划分子类。
题赠联	是指题赠给他人的对联。虽然许多对联都带有某种题赠性质，但这里所说的题赠联，仅限于人际关系交往（或向往）的题赠之作，不包括挽联与贺联之类。其内容一般带有某种赞颂、祝愿、劝勉性质。
杂感联	是指没有特定对象，而内容包罗比较广泛的对联。这种对联往往带有比较单纯的文学创作特色，如哲理言志联、咏物抒情联、劝喻讽刺联等。
学术联	是指带有某种学术性质的对联。这种学术性质指的是在内容和用途上不属于上述几大类的某种专业性质。其内容往往比较专业，带有某种学科或宗教特色，如科普联、佛教联、道教联等。
趣巧联	是指比较突出趣味或技巧而相对不注重内容的对联。如各种谐趣联、技巧联等。这类对联的内容，要么是突显某种风格的独特性（谐趣联），要么是相对不太重要（技巧联），从而显得别具一格。从这个意义上，可将其作为单独的一大种类。

附录 5: 嵌名联种类及举例

整嵌：将名字整体嵌在对联的上联或下联。

妙处究方圆，必持新我开新路；

行中通曲直，还以壮心写壮篇。（刘秋泉题新路小学联）

分嵌：

横嵌：一个名字在一联内分别嵌完的叫横嵌。

以云隐观，于洞藏真，人言胜迹此间，许有仙家遗玉笔；

对鹤说棋，与松论道，谁约秀峰其上，共将灵气濯尘劳。（王璇题隐真观）

散嵌：将名字中的各字分散镶嵌在对联中的形式，称为“散嵌式”。

朱戟时挥征疠疫；

婵娟相护见珑玲。（王璇题赠湖南援鄂医疗队护理队主任朱娟玲）

递嵌：将一个名称在上联横嵌一部分，再在下联横嵌一部分。两联横嵌合起来构成系统，以暗示题旨。

民犹是也，国犹是也；

总而言之，统而言之。（王湘绮赠袁世凯联，嵌“民国总统”。）

暗嵌：可嵌之名在改头换面的情况下出现，一般似拆字联。

少目焉能识文字；

欠金安可望功名。

一考生讽学政、主考官吴省钦营私舞弊：“少目”为“省”；“欠金”为“钦”。

迭嵌：就是在一联中有规律地交叉嵌入两个或两个以上的名词。

冬夜灯前，夏侯氏读《春秋传》。

东门楼上，南京人唱《北西厢》。（《痴留编》）

上联嵌“春夏秋冬”，下联嵌“东南西北”。

反嵌：从联尾开始，往联首顺序而排。

季子敢言高，与吾意见辄相左；

藩臣徒误国，问尔经济有何曾。

上联逆嵌为左季高，即左宗棠，下联嵌曾国藩。

插嵌：分别把名字有规则地插入联中的。

元后亶聪明，二百载继继承承，顺天心，康民物，雍和其德，乾健其身，嘉惠普群生，道统昭羲农尧舜；

维皇臻福寿，亿万年绵绵翼翼，治功懋，熙绩勋，正直在朝，隆平在野，庆云辉五色，光华联日月星辰。

某臣贺道光皇帝联。从第三分句开始，上下联各分句的首字分别嵌入顺治、康熙、雍正、乾隆、嘉庆、道光六个帝号。

蝉联格：亦作蝉连格，又称连理格，乃一字嵌上句之末，另一字嵌下句之首。

客已疲乎？何妨小歇；

亭其幽矣，且饮大杯！（胡静怡题歇亭）

魁斗格：取“魁星踢斗”之意，乃一字嵌上句之首，另一字嵌下句之末。

红袖添香消疫气；

白衣送暖撒春辉。（周永红题赠湘雅三医院援鄂护士长苏红辉）

鼎峙格：嵌上联第四字，下联首尾。或上联嵌首尾字，下联嵌第四字。

园静有梅独啸傲；

兰幽伴竹共芬芳。

联中嵌入“梅兰芳”三字，所嵌之处形成品字形故又称“品字格”。

山连百脉直到海；

浪涌三关欲摧城。（李岫春题山海关）

双钩格：联中上下联，首尾各嵌一字。

韩愈送穷，刘伶醉酒；

江淹作赋，王粲登楼。（广东潮州韩江酒楼）

云泥格：嵌于上联第二字，下联第六字。

船小兼程说海阔；

日长正道乐康平。

上联第二字“小”，下联第六字“康”“小康”是也。

鸿爪格：将三字分散嵌入联中，位置不限，但既不准相连，也不能相对。

岳麓泉清芳草嫩；

洞庭水满碧螺浮。

将命题之“满庭芳”散嵌于上下联中。

对嵌：从对联的角度讲，最重要的莫过于对称。因为对联的内在美就是对称和谐。不论上联嵌入的字取什么位置，下联嵌入的位置最好相同，至少取对称位置。

竖嵌：一个名称分嵌于上下联同一位置的叫竖嵌。

竖嵌又分为首嵌、腹嵌和尾嵌。

首嵌：分嵌在上下两联的开头叫首嵌，也称藏头，类似律诗里的藏头诗。

云路飞驰，科技能兴伟业；

中华崛起，黎元喜沐春风。（关波涛题云中科技）

腹嵌：分嵌在句中的称腹嵌。

倦飞知还，云无心以出岫；

含睇宜笑，若有人兮山阿。（方地山赠作家刘云若联）

尾嵌：分嵌句尾的叫尾嵌，也叫藏尾。

天下为公，讲台三尺乾坤大；

心中有爱，育法千方教化同。（刘秋泉题大同小学）

七言联竖嵌：

名称	定义	举例
凤顶格	七言联的首嵌。	常江题红螺寺： 红门三绝竹藤树； 螺号一声远近无。
燕颔格	七言联腹嵌第二字。	刘思理赠援鄂医务工作者刘宗道： 吾宗不只岐黄术； 此道尤须敬畏心。
鸢肩格	七言联腹嵌第三字。	胡云泉题赠援鄂医务工作者朱加亮： 抗疫加油同砥砺； 临床亮剑自从容。
蜂腰格	七言联腹嵌第四字。	刘运佳题赠援鄂医务工作者黄伟： 术绍岐黄真勇士； 志当雄伟急先锋。
鹤膝格	七言联腹嵌第五字。	郭沫若赠张重肩联： 道义能担肩似铁； 精神不动重如山。
凫胫格	七言联腹嵌第六字。	周渊龙题湘潭雨湖公园： 翠柳千条经雨绿； 夭桃几树染湖红。
雁足格	七言联尾嵌。	王永江题静山： 风雨容多方得静； 沧桑勘破便成山。

附录6：常用领字（资料来源：常江《对联知识手册》）

字数	例字
一字	看 望 听 想 读 览 喜 溯 怅 怕 任 待 问 凭 叹 嗟 念 试 应 将 须 对 莫 正 乍 总 奈 但 料 似 算 更 真 并 怎 方 尽 况 渐 倘 虽 彼
二字	迹将 却将 莫非 何须 只须 须知 须念 还须 即此 如此 居然 自然 但看 但闻 但得 但愿 记得 不忘 恍如 不妨 何不 也算 看来 不觉 切莫 岂料 总合 更兼 只要 只将 只是 只期 只余 若是 已是 不是 便是 又是 云呈 况是 哪怕 那堪 此日 当年 尚待 依旧 自思 自愧 且把 莫把 未省 休说 无怪 休辞 岂惟 没道 未必 何必 何况 安得 纵使 试问 试看 敢向 不堪 犹觉 却忆 未闻
三字	最难忘 最可怜 最无端 最堪怜 最妙处 最好是 只赢得 只落得 只留得 只刑得 写不尽 望不断 流不尽 看不尽 禁不住 赏不尽 全不念 君不见 只不过 倒不如 哪管他 休论他 谁管它 且任我 才领得 好领取 莫辜负 都付与 且探寻 且看那 请看那 放眼看 扰想见 犹剩得 犹记得 再休提 再休说 再休管 无怪乎 又还是 又何妨 无非是 又谁料 又谁知 又添得 又何必 又奚必 更能消 消受得 更何须 何须问 况更有 更有些 应有些 正有待 待他年 看今日 回溯那 更忆及 忆几番 听几番 怎脱去 怎抛却 怎识得 便怎地 岂徒览 切莫要 说什么 皆因是 可直作 看破那 还须要 未曾闻 唯此地 都幻作 尽收归 焉能免 要争个 安排着 才觉出 有多少 休忘却